SAUVAGE

L'Iconoclaste,
26, rue Jacob, 75006 Paris
Tél. : 01 42 17 47 80
iconoclaste@editions-iconoclaste.fr
www.editions-iconoclaste.fr

JULIA KERNINON

SAUVAGE

L'ICONOCLASTE

Celui-là est pour Sylvie Gracia.

N'avons-nous pas d'autres intérêts, d'autres qualités, aucune profondeur ?

Lucy Ellmann, au sujet des femmes,
dans *Les choses sont contre nous*

INCIPIT

C’est le matin à Rome. Quelques heures plus tôt, je me suis réveillée à côté de Bensch, il m’a embrassée, et puis les voix cristallines des enfants se sont élevées dans les chambres, le jour s’est ouvert. J’ai filé dans la salle de bains, je me suis lavé les cheveux, je les ai séchés, attachés en chignon. J’ai passé une robe noire et des collants, j’ai mis de la crème, du mascara, du rouge à lèvres, des boucles d’oreilles.

Quand je suis descendue, ils étaient tous les trois autour de la table, mon enfant faon, mon enfant rubis et mon enfant symphonie, j’ai bu la petite tasse de café brûlant que Bensch m’a tendue, j’ai donné des baisers, j’ai enfilé des bottes, mon manteau et je suis sortie. À grands pas j’ai traversé San Lorenzo qui s’éveillait, j’ai pris le tunnel les yeux fermés pour mieux entendre le rugissement des moteurs, main sur la rambarde comme j'ai toujours fait, toute ma vie.

J'ai atteint l'Esquilino quand Santa Maria Maggiore sonnait sept heures. Arrivée au restaurant, j'ai enlevé mon manteau, noué mon tablier, je me suis lavé les mains et je me suis mise au travail. À l'instant, je tranche du fenouil pendant qu'une voix à la radio parle de la patience qu'il a fallu aux êtres humains pour inventer les objets les uns après les autres, trouver un moyen de les tailler dans le bois, dans la pierre, sculptant d'abord des cailloux pour en faire des outils, puis utilisant ces outils sur d'autres cailloux pour en faire des armes et des bijoux. Les objets ont été parmi les premières choses représentées par les humains, sans doute parce qu'ils en étaient fiers, peut-être parce qu'ils en étaient jaloux. Ce qui est certain, c'est l'importance qu'ils y accordaient, tombes débordantes de biens comme bagages entassés autour du macchabée, pièces de monnaie couvrant les yeux, bouches pleines de nourriture, perles de jade, objets du quotidien dessinés sur d'autres objets du quotidien, dans une volonté de conjuration, peut-être, de ce qui déjà semblait aller trop vite. La religion a banni toute représentation des objets pendant mille ans, puis ils sont revenus, parce que les riches Hollandais du dix-septième siècle ont eu envie de montrer ce qu'ils possédaient. La nature morte me rassure autant qu'elle m'effraie – et c'est vrai aussi du désir. Mes objets, je les vois tous, devant moi sur le mur, les planches à découper, l'aimant rectangulaire des couteaux, un, deux, trois, quatre, cinq lames, et puis l'étagère en bois, vingt bols blancs, vingt bols cerclés d'or, vingt bols bleus, verres en cristal pendus par les pieds, casiers pleins de couverts, piles d'assiettes, coupelles à bonbons, casseroles en cuivre, poêlons en marbre, mortier, pilon en poirier, passoires, désosseur, attendrisseur, presse-purée, emporte-pièce, cithare à spaghettis. Je caresse du regard tous ces outils qui appartenaient à mon père et qui sont les miens aujourd'hui.

Je n'entends pas la suite de l'émission parce que mon téléphone vibre. C'est un message de ma meilleure amie, Antonia, qui m'envoie tous les jours un petit texto sibyllin, une invention, une intuition. Ce matin, elle a écrit *Le danger du danger, c'est qu'on ne peut pas savoir d'où il viendra.* En rattachant mes cheveux, je tourne la tête, et j'aperçois Cassio, jean et blouson en cuir, qui marche le visage fermé sur le trottoir opposé. Ses deux bras enserrent un cageot de légumes et d'herbes, je devine qu'il est passé au marché. Je pourrais le héler, mais je le retrouverai sans doute plus tard dans la journée, ou ce soir. Juste avant de sortir de mon champ de vision, il fait volte-face, et l'espace d'une seconde avant qu'il ne me sourie je le vois exactement comme je l'ai vu la première fois, dans la réserve de mon père, quand j'avais quinze ans et lui vingt, lui et moi fixés ensemble dans l'ambre du moment.

I

Je descendais l'escalier de la réserve, et Cassio était assis à la table de mon père. Il avait tourné la tête vers moi. Mon père avait dit, *Voilà ma fille Ottavia*, et Cassio ne m'avait pas saluée. Il m'avait regardée encore un peu, et puis il avait ostensiblement reporté son attention sur mon père.

À cette époque, mon père tenait la trattoria Selvaggio, dont tout le monde savait qu'elle était la meilleure de l'Esquilino. Seul au piano avec un second pour les basses œuvres et un serveur en salle, il exécutait une cuisine du Latium rigoureuse, pleine de charisme parce que sans fioritures. Tout ce que la ville comptait de jeunes chefs ambitieux défilait chez nous, dans l'espoir qu'il leur permette de l'observer de plus près pour mieux le trahir ensuite. Quand j'ai vu Cassio Cesare pour la première fois, je savais qu'il était là pour ça, comme tous les autres, à laisser mon père le toiser sans même lui offrir quelque chose à boire, dans cette pièce où les étagères ployaient à craquer sous les bouteilles.

Il avait retiré la cigarette de sa bouche pour faire tomber la cendre, et il avait murmuré :

– La Sachertorte.

– Quoi, la Sachertorte ? avait répété mon père.

– J'ai la recette.

– Tu as travaillé à l'hôtel Sacher, à Vienne ?

– Non, avait répondu Cassio en secouant la tête. Jamais.

– Ton père a travaillé à l'hôtel Sacher ? Ta mère ?

– Je suis orphelin, avait dit Cassio, avec le ton que quelqu'un d'affamé aurait utilisé pour dire qu'il n'avait pas faim.

Mon père avait sursauté, mais son autorité avait pris le dessus sur sa timidité. Il était comme ça.

– Dans ce cas, *ragazzo*, il est techniquement impossible que tu sois en possession de la recette de la Sachertorte du Sacher Hotel de Vienne. Parce que cette recette est…

– … Tenue secrète depuis son invention il y

a presque trois siècles, et que seuls la connaissent aujourd'hui la poignée de pâtissiers ayant travaillé dans les cuisines du Sacher, eux-mêmes ayant tous promis le silence, où qu'ils puissent se trouver dans le monde. Je sais ça comme vous.

Mon père était resté silencieux quelques secondes.

– C'est ce que je dis. Dans ce cas, *ragazzo*, si tu n'as jamais travaillé au Sacher et que tu prétends connaître cette recette, il n'y a que deux solutions : soit tu es un menteur, soit tu es un menteur.

Cassio avait allumé une nouvelle cigarette.

– Je vous raconte, d'accord ? C'était il y a un an et demi. J'étais à Bucarest. À la gare de Bucarest, pour être exact. Il faisait nuit noire et j'attendais entre deux trains. Est-ce que vous êtes déjà allé à Bucarest, Signore Selvaggio ?

– Je n'ai jamais quitté Rome de ma vie, avait répondu mon père sur la défensive.

– Comme je vous comprends. Pourtant, il se passe parfois des choses intéressantes ailleurs. Si vous étiez allé à la gare de Bucarest, vous sauriez qu'il s'y trouve dans un angle un bar-buffet qui ne ferme jamais. Il reste ouvert toute la nuit et tout le jour pour les passagers malchanceux qui, comme moi, doivent patienter plusieurs heures entre deux trains. C'est là que j'étais, il y a un an et demi. Je passais le temps en buvant une bière, assis sur un tabouret au comptoir. Le bar est petit, et ce soir-là il était rempli à moitié, sans doute même un peu moins. Des voyageurs aux yeux battus, des clochards, et moi. Ou en tout cas c'était ce que je croyais jusqu'à ce que mon voisin de comptoir m'adresse la parole. Je ne l'avais pas vraiment remarqué avant, je ne pensais à rien, vous comprenez, j'attendais simplement que le temps passe et que le train arrive. L'homme m'a dit *Pourquoi tu es là, toi ?*, et je lui ai expliqué en peu de mots. Il m'a demandé ce que je faisais de ma vie, à part ça, et j'ai répondu *Rien de précis*. Il a répliqué *Alors je te repose la question autrement : qu'est-ce que tu voudrais faire, quand tu feras quelque chose ? – La cuisine*, j'ai dit. C'était une question facile. *Mais quelle cuisine ?* m'a interrogé l'homme. J'ai haussé les épaules, j'ai dit *La vraie cuisine, la grande cuisine.* Ça me paraissait évident. Sinon à quoi bon ? Mais l'homme a sursauté. Il a dit *Tu sais qui je suis ?* J'ai répondu que je n'en avais pas la moindre idée. L'homme a plissé les yeux. Il a répété *Tu ne sais vraiment pas qui je suis ?* Je l'ai regardé plus attentivement. Non. Il ne me rappelait rien. J'étais désolé. C'est ce que je lui ai dit. Il a balayé la pièce du regard, et puis il s'est penché vers moi, il a chuchoté *Je suis l'ancien chef pâtissier du Sacher. – Enchanté*, j'ai dit. Quand il a ri, j'ai reçu au visage son haleine saturée d'alcool. Il a ri longtemps et puis il a dit *Tu crois que je ne sais pas pourquoi tu es là ? Tu peux faire tout ce que tu veux. Je ne te donnerai pas la recette, même si tu me suces la bite.* Alors j'ai ri avec lui. *Bien sûr*, j'ai répondu. *Je ne sais pas de quelle recette vous parlez.* Et en disant ça, j'ai fait signe au serveur et j'ai dit *Two shots, please*.

Comme s'il rejouait la scène, à ce moment-là Cassio avait tendu la main vers la bouteille posée sur la table et s'était servi le verre que mon père ne lui avait pas offert depuis le début, et il avait aussi rempli le verre de mon père, mon père qui ne bougeait plus d'un millimètre depuis quelques minutes déjà, puis il avait reposé la bouteille, une arme entre eux, un canon pivotant.

– Vous voulez la suite de l'histoire? avait demandé Cassio. Est-ce que c'est nécessaire?

– Oui, avait dit mon père. Oui. Raconte-moi la suite de l'histoire.

Il avait le souffle court. Cassio avait souri avec indulgence.

– Dix-huit shots. Mais j'aurais pensé plus. J'ai raté mon train et le suivant.

Il avait glissé son majeur et son index dans la poche de sa chemise et en avait sorti un carré de papier plié qu'il avait posé sur la table entre mon père et lui. Mon père s'était mordu les lèvres.

– À la fin de notre discussion, l'homme était ivre mort. Mais il a commencé à prendre conscience de ce qui s'était passé. Une partie de lui en avait conscience, en tout cas. Il a murmuré *Je pensais pourtant* et *Qu'ils aillent tous se faire foutre, après tout* et *Nom de dieu* et *Du chocolat et de la confiture d'abricots, c'est quand même pas...* et puis finalement, au moment où je le portais pour l'aider à descendre du tabouret et l'installer sur un siège plus adapté à son état, il a posé un bras lourd sur mon épaule, il a dit *Ne donne jamais mon nom à personne*, et je suis parti sans lui dire que son nom, je ne le connaissais même pas.

Après, nous étions absolument silencieux tous les trois, mais les mots résonnaient encore autour de nous. *Bucarest. Vienne. Hôtel Sacher. Sachertorte. La grande cuisine.* Et aussi cinq mots très simples que personne n'avait jusque-là osé prononcer à voix haute – Mon secret contre les tiens. Aujourd'hui encore, si je ferme les yeux, je les revois précisément comme ils étaient, coudes posés sur la table, couverts aiguisés, comme ils étaient belliqueux, joyeux, deux capitaines se saluant avant le match, deux généraux s'embrassant sur les joues avant la bataille. Cassio et mon père, décidés à faire affaire ensemble.

Rien de tout ça ne me concernait. Je m'étais toujours tenue le plus loin possible des affaires de mon père, la tête enfoncée dans mes livres. Je ne me rappelle même pas exactement pourquoi j'étais descendue à la réserve ce jour-là. Pourtant, je le sais aujourd'hui, ça a été un des moments les plus importants de ma vie, parce qu'en les regardant j'avais soudain eu cette intuition : ils se trompaient tous les deux. À la fin, la vraie cuisine, la grande cuisine, ce serait avec moi que la ferait ce garçon rusé, solitaire, ambitieux.

Quand j'étais enfant, un jour, j'avais peut-être dix ans, ma mère m'a envoyée chercher mon père au travail pour qu'il rentre enfin chez nous. Docilement, j'avais remonté à petits pas la Via Tiburtina jusqu'au tunnel de Santa Bibiana, et puis j'avais marché encore jusqu'à la Piazza Vittorio et poussé la porte du restaurant. Mon père était bien là, dans son domaine, accoudé avec d'autres hommes que je ne connaissais pas. Il m'avait souri. Ils étaient tous ivres. Après m'avoir dévisagée de près, les amis de mon père avaient demandé :

– C'est ta grande ou ta petite, Ettore ?

– La grande.

– La petite est jolie, a remarqué l'un d'eux.

– Celle-là aussi est jolie, avait répondu mon père en riant. On dirait moi.

De retour à la maison, j'étais allée me regarder dans un miroir, et je l'avais vu, lui. Je crois que je ne m'en étais jamais aperçue avant, personne ne me l'avait dit. Ma sœur avait hérité du visage en forme de cœur de notre mère, mais moi, c'était vrai, je ressemblais à mon père – son portrait craché. Des années plus tard, quand j'avais commencé à tenir un restaurant, des gens me dévisageaient parfois par-dessus mon comptoir laqué et j'avais appris à anticiper leur question silencieuse. Relevant la tête devant eux pour qu'ils voient mon visage en plein, j'avais acquis le réflexe de dire d'une voix aimable *Oui, vous avez vu juste, je suis bien une fille Selvaggio, je suis la fille de mon père, sa fille aînée.* Quand je disais ça, les gens s'écriaient *Oh, incroyable, et comment va votre père ?*, et je me retenais de répondre *Toujours aussi con*, plus diplomatiquement je disais *Il se repose*. Après, les clients s'accoudaient plus confortablement, ils demandaient avec curiosité pourquoi mon restaurant s'appelait Bensch, pourquoi on m'appelait maintenant Ottavia Bensch, si j'étais une fille Selvaggio, si de surcroît j'étais une fille Selvaggio *cuisinière*, comment avais-je pu si légèrement abandonner le nom fameux de mon père. Alors au lieu de les chasser comme j'en rêvais, j'expliquais du mieux que je pouvais ce qui s'était passé. Je parlais de Cassio, de nos débuts, de nos carrières parallèles, de mon séjour formateur à Paris, dont ils avaient peut-être reconnu la marque dans le dressage des assiettes, je parlais du temps qui passait tellement vite, des choses qu'on apprenait, de celles qu'on oubliait aussi sur la route, de mon mari Arturo Bensch, l'ancien critique, oui, ma bénédiction, et de mon envie de l'honorer de cette façon, de mon amour même pour son nom que j'avais donné à mon deuxième restaurant. Raconter tout ça n'avait aucun sens parce que ça ne permettait jamais vraiment de traduire la réalité, peut-être parce que c'était impossible, d'une certaine manière. Pourtant les gens m'écoutaient, ils buvaient mes paroles et je continuais. Je parlais de l'actualité, des revues culinaires, de la météo, de mes enfants, je me détestais de faire ça, mais je le faisais quand même, à chaque fois. Avec des mots brefs, différents, jamais les bons, je racontais comment j'avais rencontré Bensch, comment nos corps passionnément posés l'un sur l'autre avaient produit trois enfants en dix ans, qui dormaient dans leurs petits lits pendant que je me tenais là devant eux, comme mon père s'était tenu devant eux, pendant des décennies, dans un autre restaurant.

Il y avait ce que je disais et ce que je ne disais pas, et la vérité se lovait entre les deux. Selon la légende familiale, mon arrière-grand-mère paternelle était la traîtresse qui avait donné ses recettes aux hommes et fait dévier l'histoire. Ses fils étaient tous devenus restaurateurs, et leurs fils après eux. Ils partaient tôt, ils rentraient tard, ils tenaient des restaurants courus qui les dévoraient, et leurs épouses étaient ivres de rage, elles ne pouvaient pas leur pardonner d'avoir empiété sans vergogne le territoire séculaire des femmes. Le pire, à leurs yeux, c'était qu'ils n'avaient pris que ça. Dans le magasin immense des connaissances des femmes, ils s'étaient contentés de prendre la cuisine, ils avaient négligé l'attention, l'énergie inépuisable, la compassion. Ils ne voyaient pas ce qui les entourait, ils ne s'en souciaient même plus, ils s'occupaient de cuisine et rien d'autre. Leurs femmes dépossédées étaient furieuses, et elles avaient chacune leur technique pour le faire savoir. Des années plus tard, devenue à mon tour une épouse, j'avais des problèmes très différents, mais les mêmes réflexes. Un jour où je parlais avec ma tante Assunta, je lui avais raconté comment, la veille, j'avais compté les pièces de mon service en porcelaine avant de décider que je pouvais rationnellement me permettre d'en jeter une sur Bensch qui m'avait contrariée. Elle m'avait dit gravement :

– Tu sais, tu n'es pas obligée de casser des choses pour te faire comprendre.

– Je sais, j'avais dit en baissant la tête, honteuse de ma folie.

Elle avait continué, un fin sourire aux lèvres :

– Non, Ottavia, écoute : tu n'as pas besoin de *casser*. Tu peux simplement salir. Tu peux ouvrir une bouteille d'huile d'olive et une bouteille de limoncello et les vider dans ses chaussures de ville, et il ne s'en rendra compte que le lendemain, au dernier moment.

– Tu es machiavélique, *Zia* Assunta.

– Je suis mariée depuis plus longtemps que toi, avait-elle répondu avec fausse modestie.

Ma grand-mère n'avait pas adressé la parole à son mari depuis les années quatre-vingt-dix, mes tantes tendaient des pièges étranges, mais ma mère refusait purement et simplement de faire la cuisine. À l'heure présumée du retour de mon père, elle l'attendait le plus souvent assise les deux pieds croisés sur la table vide du repas, un livre à la main. Ma sœur Matilda et moi, nous restions nous aussi à distance de la table, l'une assise sur un escabeau, l'autre sur le plan de travail, les yeux plongés dans les pages.

J'avais trois ans de plus que Matilda, mais dès qu'elle avait su parler elle m'avait dit *C'est une erreur. En vrai, c'est moi l'aînée.* Elle était logique, sensible, courageuse. Elle était protectrice, futée, avec une très grande croyance dans la justice. Le monde et ses rouages lui apparaissaient avec clarté, elle savait toujours ce qu'il convenait de faire, elle se tirait de toutes les situations le front haut. Enfants, un jour où nous nous disputions, notre père excédé nous avait enfermées dans la chambre que nous partagions en lançant *Allez-y, battez-vous jusqu'à la mort, et celle de vous qui survivra sera ma préférée.* La portée fermée sur nous, j'avais regardé Matilda et elle m'avait dit fermement *C'est. Hors. De. Question.*

J'avais remercié le ciel qu'elle soit née, qu'elle existe, parce que je n'aurais jamais saisi ça toute seule, ou j'aurais mis des années. Depuis ce jour-là, nous faisions front ensemble. Toute notre enfance, nous avons respecté le combat de notre mère, parce que nous pensions que nous la comprenions.

Notre père lui faisait des reproches, parce que les autres hommes de la famille l'humiliaient de ne savoir tenir ni sa femme ni ses filles. *Ça lit des livres, mais est-ce que ça saurait préparer des* pasta all'amatriciana, murmurait mon grand-père paternel quand son regard chassieux se posait sur nous, et en silence je pensais *Non, mais j'apprendrais en un temps record si c'était nécessaire, vieil homme. Si je veux, je peux tout faire.* J'avais onze ans quand il est mort. Après avoir écouté un employé des pompes funèbres qui ne l'avait jamais connu nous imposer les émotions que nous étions censés ressentir, j'avais touché le bois lisse du cercueil avec les autres. Quand le croque-mort nous avait demandé si nous voulions rester assister à la crémation, ma tante Amelia, la plus agressive mais aussi sans doute la plus réaliste, avait répondu pour nous toutes *Et puis quoi encore*.

Ma mère ne cuisinait pas, pourtant elle parvenait à nous nourrir. Quand l'heure de la faim venait, elle nous donnait un morceau de pain, une tomate, de l'huile, du sel. Des petits morceaux de fromage sur une assiette avec des biscuits secs. Un bol de mascarpone saupoudré de sucre. Nous trouvions tout délicieux, sauf les amandes et les abricots secs qu'elle grignotait, sucres lents et nécessaires à l'énergie de sa colère. *Bon dieu, Gina,* gémissait mon père en arrivant toujours en retard, *pourquoi tu ne peux pas faire un vrai plat ? Quelque chose qu'on puisse manger ensemble, assis autour de la table ?* Appuyée sur le bord de l'évier, ma mère relevait son beau visage devant lui, non pas comme un bouclier mais comme un sabre, sans même se fatiguer à lui répondre. Elle avait été la fille solide d'un éleveur de porcs de Favale, un village situé plus haut dans les collines. Son père était mort quand elle était petite. À dix-huit ans, au prix d'un intense labeur physique, elle avait convaincu tous les autres membres de sa famille de lui confier la direction de l'exploitation. *Des enfants, j'y pensais, je crois que j'en avais envie, mais pas un mari. Je pensais que se marier était une mauvaise idée, pour une femme. Je pensais que je n'avais pas le temps pour ça.* Enfant demi-orpheline, elle avait été la préférée de son grand-père, qui était le tueur de cochons de la région. À l'équarrissage d'automne, il allait de ferme en ferme abattre les bêtes, et donc implicitement c'était aussi le marieur, parce que c'était lui qui savait qui vivait où, et qui était célibataire. Il transmettait les messages, les propositions, puis les faire-part. Un jour, ma mère lui avait demandé malicieusement qui il lui destinait, à elle. Assis à ses côtés sur une barrière de pâture, il avait plissé les yeux au soleil et répondu *Non, pas toi, Gina. Je ne vois pas de mariage pour toi. Tu es trop bonne pour le mariage. Tu as des choses à faire. – Et puis voilà*, disait-elle en haussant les épaules, *votre père est arrivé*. Il venait de la ville acheter de la *porchetta* pour son restaurant. La viande que produisait la famille de ma mère était réputée. *Je suis tombée amoureuse de lui*, disait-elle comme si elle avait trébuché, littéralement chuté, déchu, en aimant notre père. C'était vrai, parce qu'il avait rapidement été clair qu'il ne voulait pas monter un restaurant à Favale, et qu'elle ne pouvait pas faire de l'élevage à Rome. *Quand j'ai demandé conseil à ma mère, ta grand-mère, elle m'a dit que c'était ça, le secret, c'était la nature même du mariage que de reposer sur un compromis.* Il l'avait ramenée à la ville, chez lui, et en la dépaysant il avait pris le dessus. À la ferme, c'est lui qui aurait été gauche, désemparé, diminué, et elle qui se serait tenue forte sur son domaine. En le suivant à Rome, elle avait perdu tout contact avec des animaux vivants, et ma sœur m'a avoué un jour qu'elle s'était demandé si c'était une de nos raisons d'être, nous, les enfants. Quand cette vie lui semblait trop injuste et qu'elle était vraiment désespérée, ma mère levait les mains au ciel et criait silencieusement *Même les cochons bronzent*.

Étrangement, notre quatuor fonctionnait comme un trio – il y avait toujours un exclu. Avec ma sœur, mes parents critiquaient ma façon de ne jamais être vraiment là, avec moi ils regrettaient ce qu'ils appelaient son perfectionnisme moral, séparément chacun d'entre eux essayait de nous convaincre qu'il souffrait plus que l'autre de ce mariage. Des années après leur rencontre, ils s'aimaient toujours, c'était évident, mais il y avait aussi des moments où ils se détestaient, où ils souhaitaient la mort de l'autre tout bas, dans le noir, couchés en cuillère dans leur lit. Ils nous aimaient nous, Matilda et moi, d'un amour solide et dénué d'indulgence, et tous les quatre nous nous observions, comme le font les membres de toutes les familles, ou en tout cas je le pensais à l'époque.

II

La semaine suivant notre rencontre avec Cassio, mon père avait viré son second pour l'engager, et quand je rentrais du lycée je les croisais tous les deux en train de marcher dans la rue, épaule contre épaule, parlant avec agitation. J'allais de plus en plus régulièrement au restaurant dans l'espoir de voir le jeune homme. Je lui demandais un café qu'il me servait en silence, et je lisais assise dans le restaurant vide pendant qu'il finissait sa mise en place. Je l'observais travailler par le passe-plat, son visage fermé, la précision de ses gestes, et les éclairs d'envie dans ses yeux chaque fois qu'il regardait mon père à son insu. Je réfléchissais.

Je ne lisais plus que des livres de cuisine, et dès que je pouvais, je filais au marché observer les étals, écouter les gens parler. Je menais mon enquête.

L'école était obligatoire jusqu'à seize ans, alors j'avais patiemment compté les jours. Le matin de mon anniversaire, j'étais restée cachée sous les couvertures pour laisser une légère avance à mon père. Dès que j'avais entendu la porte se refermer, j'avais sauté du lit, je m'étais lavée, j'avais choisi un pantalon de toile, un tee-shirt à manches longues en coton noir, j'avais attaché mes cheveux en chignon, lacé mes tennis, j'étais sortie à mon tour et j'avais volé droit comme un épervier. Une fois arrivée, je n'avais pas hésité, j'avais poussé la porte de son restaurant, j'étais entrée dans la cuisine et j'avais enfilé un tablier propre. Mon père m'avait vue et il avait demandé *Et alors, qu'est-ce que tu fais, Ottavia ?*, j'avais répondu *Comme vous*, et au son de ma voix Cassio avait sursauté. Il s'était tourné vers moi dans les cinq mètres carrés de la cuisine, et nous nous étions dévisagés vraiment pour la première fois depuis la scène dans la réserve, huit mois plus tôt.

– C'est vraiment ça que tu veux? m'avait interrogé mon père, mains sur les hanches. Avec tous les livres que tu lis, je pensais que tu voudrais faire des études.

J'avais pensé *Mais tu ne m'as jamais demandé ce*

que je voulais apprendre, exactement. Tu crois que nous parlons ensemble ? C'est toujours toi qui m'exposes tes opinions. Nous vivons ensemble depuis ma naissance, et tu ne m'as jamais posé la moindre question sérieuse.

C'était trop long à expliquer, alors j'avais simplement dit :

– C'est ça que je veux étudier. Apprends-moi la cuisine.

– D'accord, avait répondu mon père.

À partir de ce moment, Cassio et moi avons travaillé ensemble au coude à coude sur le comptoir d'aluminium de la trattoria Selvaggio. Je ne suis jamais retournée au lycée, j'ai pris ma place à leurs côtés. Mon père faisait la cuisine dans la pure tradition romaine, sur le papier sa carte n'avait pas bougé depuis l'ouverture du restaurant. Il avait commencé à cuisiner ces plats exactement comme il avait vu son père faire dans son propre restaurant, quand il avait mon âge. Petit à petit, il se les était appropriés, et il les avait légèrement pliés à son goût. Je le savais parce que ses deux frères avaient reçu la même formation, mais chacun d'eux avait compris les recettes différemment, et je discernais leurs tempéraments quand j'allais manger chez les uns ou les autres. C'étaient des nuances presque imperceptibles, une branche de romarin, quelques secondes de cuisson supplémentaires, une ou deux cuillerées de sucre dans la pâte à frire, et très vite j'avais pu les reconnaître les yeux fermés.

Jusqu'ici, dans mon imaginaire, la cuisine de mon père avait été avant tout un sujet de reproche, un endroit où il n'aurait pas dû se trouver, un péché capital, mais quand j'étais venue travailler avec lui j'avais appris à l'admirer. À la maison, dans le gynécée de son absence, j'avais toujours entendu ma mère dire avec sa fierté campagnarde *Ton père, c'est un homme de la ville, il a chaud, il a froid, c'est la princesse au petit pois*, et je l'avais crue, et pourtant c'était faux – dans sa cuisine mon père était d'une résistance et d'une compétence hors du commun. Il savait ce qu'il faisait, et il le faisait bien. J'entends encore sa voix, une voix que je ne lui avais jamais connue, *Pour retirer la peau qui enveloppe l'intestin, tu fais une petite incision au couteau à l'une des extrémités du boyau, puis tu attrapes entre les doigts un morceau de cette peau que tu retournes comme un gant pour libérer la partie charnue qui se trouve en dessous. Une fois pelé, tu coupes le boyau en morceaux de vingt centimètres environ, tu le plies en boucles et tu couds chaque morceau avec de la ficelle de cuisine, ça empêchera l'intérieur du boyau de se disperser en cours de cuisson. Et tu vas voir, ça va réduire. Après, tu mets du lard séché et de l'huile d'olive dans une casserole à fond épais, tu y fais revenir un* soffritto, *tu ajoutes le piment et les abats, tu remues avec une spatule en bois, tu mets le sel et le poivre fraîchement moulu, tu fais dorer à petit feu. Tu verses le vin blanc, tu le fais évaporer en surveillant qu'il n'y a pas de croûte qui se forme sur le dessus. S'il y en a, tu la retires doucement avec une petite cuillère, comme ça. Tu verses le coulis de tomates, tu baisses le feu, tu couvres et tu laisses cuire à feu très doux deux heures environ, en vérifiant que ça n'attache pas. Tu cuis tes rigatonis, tu les égouttes, et tu sers chaque assiette de pâtes avec au moins deux pièces de* pagliata.

Petit à petit, je comprenais comment il avait pu résister à la colère brûlante de ma mère et retourner jour après jour au restaurant malgré tout : quand je le voyais là, tranchant les branches de fenouil, battant le *pecorino* dans l'eau de cuisson, piquant délicatement une feuille de sauge sur la *saltimbocca*, c'était un homme en pleine possession de ses moyens, il faisait quelque chose que personne n'aurait pu faire exactement comme lui, quelque chose à quoi il semblait logique qu'il n'ait pas renoncé. Je crois que, pour moi, la cuisine, ça avait d'abord été des mots, des goûts, mais surtout la découverte du travail, dont j'avais su dès la première seconde qu'il serait une drogue dure. Plus jamais à partir de ce moment je ne serais désœuvrée, et plus jamais je ne serais seule, parce que Cassio était là.

Hiérarchiquement et dans les faits, Cassio était au-dessus de moi. De la journée je ne le quittais pas des yeux, je buvais ses paroles, je suivais ses gestes patiemment. Jour après jour, concentrée, debout à côté de lui devant le piano de cuisson, je lui demandais silencieusement *Apprends-moi*. Il était naturellement doué, il inventait une cuisine d'aventurier à côté de laquelle je ressemblais à une petite souris, une abeille laborieuse. Ses plats montraient les dents, les miens se roulaient dans le foin en murmurant. Mes plats pépiaient, les siens feulaient. Les miens avaient des pelages de loutre joueuse, des plumes cafardeuses, les siens l'épaisseur grasse d'un mouton oublié à la tonte, la fourrure des grands fauves, quelque chose d'âcre et d'audacieux, alors que ma cuisine ronronnait, chat devant la flambée.

Sous les cris et les ordres de mon père, nous nous bousculions, mais nous nous considérions aussi. Je le regardais et il me regardait. Je ne pouvais pas oublier comment je l'avais vu la première fois dans la réserve, si libre, si impudent, alors que je me cachais derrière une caisse de vin pour ne pas être ramenée au lit de force. Étrangement, je ne crois pas qu'il y avait eu de l'amour au départ, plutôt de la curiosité et de la méfiance.

Un soir, mon père avait dû filer à la fin du service pour aller aider un ami à déplacer un frigo, et Cassio et moi avions fermé seuls. Nous avions nettoyé la cuisine en échangeant quelques mots sans importance, et quand nous avions enfilé nos manteaux, Cassio avait regardé sa montre.

– Il est tôt. Ça te dit d'aller prendre une glace chez Fassi ? Ils doivent encore être ouverts.

Je l'avais suivi jusqu'à la Gelateria Fassi dans la Via Principe Eugenio. On était en septembre, l'air était lourd, poisseux, les oiseaux volaient bas, les scooters bourdonnaient sur l'avenue. Chez le glacier, on avait pris une *coppa di amarena* chacun, sans se concerter. On était ressortis dans la rue, on mangeait avec nos petites cuillères en marchant lentement. On avait parlé et parlé et parlé. Je n'avais pas senti le temps passer. Quand l'orage avait éclaté d'un coup, j'avais regardé autour de moi, et j'étais à plusieurs kilomètres de chez moi. Sans nous en apercevoir, on était allés loin. La pluie tombait comme une mousson. Cassio avait dit :

– J'habite pas très loin, deux rues à côté. Tu veux monter chez moi le temps que ça se calme ?

Il louait un petit appartement dans la Via Livorno, tout au sud de San Lorenzo, juste avant le périphérique. Le plafond était bas, les murs blancs. Un lit double, des disques alignés contre le mur, une cafetière sur le plan de travail. Des vêtements roulés en boule, une odeur flottante de lavande et de cigarette, mais la vaisselle était faite. Il avait disparu derrière une porte et était réapparu en me tendant une serviette-éponge. Il m'avait regardée de haut en bas.

– Tu es trempée, Ottavia. Est-ce que tu veux – est-ce que tu veux enlever une partie de tes vêtements, et je les mets un peu sur le radiateur ? Tu vas prendre froid, là.

– D'accord.

Après, allongés côte à côte sur son lit sous une couverture, je lui avais demandé pourquoi exactement il s'était retrouvé à la gare de Bucarest : *Qu'est-ce que tu étais allé faire là-bas ? Où allait le train que tu as attendu si longtemps ? Combien de temps as-tu voyagé ? D'où étais-tu parti ? Et pourquoi es-tu revenu en Italie ? Pour quoi ?*

Cassio m'avait regardée.

– Ça fait beaucoup de questions, pour une fille qui habituellement n'en pose aucune, tu ne trouves pas ?

Il s'était tourné vraiment vers moi et il m'avait dit, les yeux fermés :

– Ma mère est morte quand j'avais dix ans. Mon père est mort quand j'avais onze ans. Je suis allé vivre chez un oncle, il m'a adopté. Il est mort quand j'avais treize ans. J'ai été adopté par d'autres gens après, un couple. Ça ne s'est pas très bien passé. Je t'épargne les détails. Finalement, un jour j'ai eu dix-huit ans. Je n'avais plus aucune famille proche, je ne m'entendais bien avec personne. J'ai touché une pension de pupille de l'État. Je ne savais pas comment j'allais gagner ma vie un jour, si seulement j'allais la gagner, moi qui n'avais jusque-là su que perdre tout ceux que j'aimais. Alors avec l'argent, j'ai décidé de partir en voyage.

– Tu es parti de Rome?

– Non, je n'étais pas à Rome à cette époque.

– Mais tu es né à Rome, pourtant?

– Oui, mais j'ai grandi à côté de Palerme. À Bagheria.

– C'est comment?

– C'est un endroit où on ne fait rien – un lieu de villégiature, tu sais. J'ai pris le bus jusqu'à Palerme et le train de Palerme à Messine, et une fois arrivé là, je m'étais endormi, si bien que je n'ai pas vu le train entrer dans un bateau pour traverser la mer, je ne savais pas que c'était comme ça que ça se passait, je n'avais pas pensé à la façon dont nous pouvions traverser, je n'avais pas quitté la Sicile depuis mes cinq ans, personne ne m'avait rien raconté. Je me suis réveillé en sursaut quand nous étions sur l'eau, et j'ai été terrifié en apercevant les vagues par la fenêtre. Mais nous avons survécu. C'était merveilleux. J'ai pris le train de Messine à Naples, puis de Naples à Rome, de Rome à Florence, et comme ça je suis allé jusqu'à Trieste, une ville incroyable dont j'avais ignoré l'existence, et puis de là j'ai quitté l'Italie. En bus, j'ai fait une boucle de la Croatie à la Hongrie. J'ai fait quelques jours de vendange en Albanie. J'ai bu du lait à Athènes. J'ai mangé des pâtisseries à Budapest. J'ai vu des endroits splendides, j'ai goûté à des plats merveilleux, mais j'ai aussi eu faim. J'ai été très seul. Le temps passait et je ne savais pas ce que je ferais en rentrant. La vie qui s'annonçait était terrifiante. Quand j'ai rencontré cet homme, à la gare de Bucarest, et qu'il a commencé à me parler, j'ai compris qu'il était ce que j'étais venu chercher, il était la raison de mon grand voyage, même si je ne le savais pas au départ. Après, je suis rentré à Rome ventre à terre. J'ai cherché du travail dans les restaurants. Au début, j'ai fait la plonge. J'ai travaillé dans une épicerie. J'ai vendu des légumes au marché, déchargé des caisses dans le froid mordant. Je vivais dans une petite pension où on me laissait payer ma chambre en liquide, à la semaine. J'avais peu de visibilité sur l'avenir, mais il y avait un phare dans ma brume – je voulais qu'on me laisse entrer en cuisine, m'approcher du feu. Je voulais qu'on m'apprenne tout ce que je ne savais pas. Ça a duré sept mois, et puis j'ai entendu parler de ton père. Je savais qu'il n'avait pas de fils. Je suis allé le trouver, et j'ai joué la meilleure carte que j'avais en ma possession.

– Il a deux filles, j'avais dit.

– Je le sais. L'une d'elles est dans mon lit.

Je l'avais regardé attentivement. À seize ans, j'avais déjà désiré, éperdument, mais personne ne m'avait jamais intéressée – en tout cas pas comme Cassio m'intéressait. J'avais eu envie de me tenir le plus près possible de lui, je n'avais pas envisagé de le séduire. À présent, je sentais sa chaleur, son odeur, et surtout je l'avais vu toute la journée exécuter des plats impeccables en me donnant des ordres. Pour la fille que j'étais à l'époque, c'était irrésistible, je le sais maintenant.

Il avait bougé, si près que je sentais son souffle sur ma joue. J'avais demandé :

– Et que vas-tu lui faire ?

– Tout ce qu'elle voudra bien.

Quand ma mère avait appris que j'avais renoncé au lycée pour rejoindre les rangs de mon père, elle ne m'avait pas parlé pendant trois semaines, et sur son visage je discernais plus de peur que de colère. Elle avait murmuré pendant des heures avec toutes mes tantes au téléphone. Finalement, un jour, à la maison, elle m'avait saisi le poignet entre deux portes, pour chuchoter *Tu sais, tu pourrais aller n'importe où, tu pourrais faire n'importe quoi, tu es capable de tout*, et j'avais protesté en me dégageant *Merci, c'est peut-être vrai, mais je veux être à Rome, et faire la cuisine.* Elle avait haussé les épaules avec agacement, *Comme ton père*, et j'avais répondu au vol *Oui, je suis sa fille aussi, tu sais.* J'aurais voulu lui dire *Tu as failli me priver de ça,* mais je m'étais tue. Toutes les années qui avaient suivi, à certains moments, je penserais qu'elle me sous-estimait, à d'autres je me dirais *Qu'est-ce que j'en sais ?* Elle avait été une résistante exemplaire, une révolutionnaire médiocre, une réformiste inexistante, et je crois que je ne suis jamais parvenue à lui faire comprendre que j'étais simplement venue reprendre ce qu'ils nous avaient pris.

Trois années étaient passées comme ça. Ma mère butée et furieuse, Matilda grandissant, mon père au sommet de son art, et Cassio et moi dans la cuisine bourdonnante, à se brûler les doigts. *Antipasti, primi piatti, secondi piatti, dolci. Carciofi alla romana, pasta all'amatriciana, pasta alla carbonara*, têtes d'agneau au four, *cacio e pepe, coda alla vaccinara*, tarte à la ricotta du Haut Latium, agneau de lait à la romaine, salade de *puntarelle* aux anchois. L'ivresse du travail qui nous réunissait tous les trois comme un culte. Le feu bleu des gazinières. Les hurlements. Les semaines qui s'enchaînent. Ostia les jours de beau temps, le vin frais, les corps torrides. Mes allers-retours incessants entre le restaurant, la maison de mes parents et l'appartement de Cassio. Un été, on était partis tous les deux en Sicile pendant les vacances. On avait fait le tour de l'île en voiture. Aux étapes, on avait dormi chez des membres éloignés de la famille de Cassio avec lesquels la cuisine, et peut-être aussi ma présence, l'avait réconcilié. Chez eux, nous étions sincèrement charmants, heureux, tandis que seuls nous nous hurlions dessus dans les vallées silencieuses. D'autres années, nous nous étions disputés à San Marin, à Positano, à Pompéi. Nous dormions parfois dans le même lit, parfois un de nous boudait allongé sur un tapis toute la nuit. Pourtant chaque fois, en rentrant, nous avions défait nos valises côte à côte et continué comme nous avions commencé.

L'année de mes dix-neuf ans, Cassio avait monté son premier restaurant et je lui avais emboîté le pas sans même prendre la peine de retirer mon tablier. Il l'avait appelé Rosasharn, comme la fille perdue des *Raisins de la colère*, un livre que je lui avais offert et qu'il avait seulement feuilleté. Libéré de l'influence de mon père, il s'était mis à faire vraiment sa cuisine, et très vite ça avait attisé la curiosité. Depuis des décennies, la gastronomie de notre pays natal se répandait comme une coulée de lave partout dans le monde. Les gens jetaient des poignées de pâtes sèches dans l'eau bouillante salée le dimanche soir, ils grignotaient des pizzas anémiques et des *focaccias* dans les buffets d'aéroport, ils intercalaient les tranches de mozzarella et de tomates d'hiver sur des plats en majolique en écoutant de l'opéra avant que leurs invités arrivent. À Rome, à cause des touristes, tous les restaurants servaient du tiramisu, un plat qui n'était même pas italien, mais italo-américain. Cassio empruntait le chemin inverse. *Ils nous caricaturent, ils pensent que c'est facile, notre cuisine, que c'est à la portée de tous. Je vais leur montrer. Cassata*, anémones de mer, granité à l'orange sanguine, bœuf à la cannelle. Ses plats parlaient de sa ténacité et de ce qu'il avait vu pendant son grand voyage, de son enfance malheureuse et de son amour-propre. Il ne s'enorgueillissait pas comme mon père de faire perdurer la véritable cuisine italienne, il ne se souciait plus de ça, il visait une autre direction balistique. Quand mon père venait le voir, ils parlaient ensemble longuement et je l'entendais dire *Évidemment que je trahis, Ettore. À ma connaissance, on ne manque pas de gens obéissants.*

Je taisais ce que je savais – que sa cuisine était

intense, mais lui aussi. Qu'il ne s'arrêtait jamais, que le soir il restait boire des verres au comptoir. Qu'il sortait, et qu'il se droguait de plus en plus. La nuit, je le suivais à la trace ou je le cherchais partout. Dans la journée, nous travaillions comme jamais encore auparavant. J'avais vingt ans, lui vingt-cinq, et ensemble on assemblait des assiettes extraordinaires, on se faisait goûter les yeux fermés des mélanges qui nous ravissaient, parce qu'on n'aurait jamais cru pouvoir les inventer, être aussi libres, être aussi vivants, et après le dernier service on se souriait pleins de tendresse, assis à battre des jambes sur le plan de travail, fourbus, taquins, brisés de fatigue, mais ensemble. Je refusais de voir qu'il perdait pied. Je me disais *C'est tout ce que je veux. Cassio Cesare. La grande cuisine. La jeunesse. L'adversité.*

La vie à cette époque, comme elle semble inimaginable aujourd'hui. Qui j'étais ? C'est impossible de s'en souvenir. Certains événements demeurent, heureusement, bien que leur raison d'être ait disparu de ma mémoire. Je me levais à six heures, je partageais un appartement avec Antonia dans la Via dei Campani. Je la connaissais depuis la primaire, elle commençait ses études supérieures cette année-là, Cassio ne m'avait jamais proposé de vivre avec lui et je ne l'avais pas demandé. Avec Antonia, nous avions trouvé un trois-pièces, une chambre chacune, une baignoire. Le matin, je buvais un café debout dans notre petite cuisine blanche, je me lavais, je m'habillais, je mettais des chaussures, une robe, je marchais jusqu'au Rosasharn dans l'air parfumé. Je faisais jouer la clé dans la serrure, elle bloquait un peu, j'entrais, je posais mon manteau sur mon tabouret préféré, j'allumais la radio, je me lavais les mains, et je découpais des légumes toute la matinée, comme aujourd'hui. Des commerçants du quartier et mes amies passaient m'embrasser au comptoir. Antonia s'asseyait en tailleur sur sa chaise et me racontait que la veille elle avait entendu quelqu'un dire *Ce n'est pas temporaire, c'est notre vie*, elle trouvait ça extraordinaire, quand on y pensait. Elle partait. Matilda entrait, buvait un café au lait, elle avait fini le lycée et décidé d'étudier le droit. Quand je lui avais demandé pourquoi, elle m'avait répondu que c'était pour me défendre le jour venu. *Me défendre ? Mais quel crime aurais-je commis ? – Je ne sais pas encore. On l'apprendra bien assez tôt.* Elle reposait sa cuillère, elle sautait de son tabouret, Cassio apparaissait après avoir réparé sa gueule de bois, fait les courses et passé des coups de téléphone à nos fournisseurs, et nous commencions les choses sérieuses. Aux alentours de onze heures, les serveurs arrivaient, Gianfranco et Batti, nous déjeunions ensemble sur le pouce avant de servir les premiers clients, et presque toujours des amis du métier se joignaient à nous, toute une équipée autour d'un plat de *pasta*, échangeant des ragots avant de repartir travailler.

Un midi comme ça, la bande avait débarqué avec un garçon inconnu. J'étais sortie de ma cuisine les mains pleines et je l'avais vu, et c'était comme si je n'avais jamais vu personne, de toute ma vie. J'avais posé mes saladiers. Je ne comprenais pas ce qui se passait. Même Cassio dans la réserve, je ne l'avais pas vu avec autant de clarté. Qu'est-ce que je voyais, exactement ? C'était un homme simple, visage en amande, poils sur les bras, tee-shirt blanc, yeux mordorés. Mouvements lents, élégants. Il parlait peu. *Qui est-ce ?*, j'avais demandé à mi-voix à quelqu'un qui m'avait répondu *C'est Clem. Il était au lycée international avec Gianfranco. Maintenant, il fait les Beaux-Arts en France, mais il revient de temps en temps*. Je l'avais regardé tenir son verre, croiser et décroiser ses jambes, tousser, sourire. Pendant tout le déjeuner, j'étais restée assise, incapable de manger, fumant en silence, impénétrable. Lui aussi me regardait à la dérobée, mais j'ignorais ce que ça signifiait exactement. J'étais la partenaire de Cassio, tout le monde le savait, alors c'était sans doute ça qu'il regardait – une jeune femme liée à quelqu'un d'autre. Le restaurant marchait très bien, et les gens venaient voir Cassio comme autrefois d'autres étaient venus voir mon père, et souvent je sentais leurs regards se poser sur moi, sans que je sache exactement ce que je devais y lire. J'étais sans doute simplement une information parmi d'autres concernant Cassio – la décoration du restaurant, ses choix intransigeants en matière de cuisine, son style flamboyant, et puis, aussi, la femme avec qui il était, la fille Selvaggio pour ceux qui savaient. Les clients pensaient généralement que j'étais en charge du service, parce que c'était comme ça que s'ordonnaient maintenant la plupart des couples de notre monde, hommes en cuisine, femmes en salle, si bien qu'après le coup de feu, quand je me faufilais à travers les tables pour sortir fumer, les clients agrippaient le bout de ma manche pour essayer de me demander de l'eau, passer commande, transmettre un message flatteur à Cassio. Je me dégageais doucement sans rien dire, je les ignorais, parce que je savais qui j'étais – en tout cas, dans ce restaurant je le savais, même si j'étais la seule. Debout sur le trottoir, je fumais sans penser à rien, et puis je traversais la salle la tête haute et je retournais prendre ma place aux côtés de Cassio, joindre mes mouvements aux siens dans la chaleur torride de la cuisine, jouer notre partition à quatre mains, et c'était ce qu'on avait fait ce jour-là aussi après le départ de la bande – cuisiner passionnément dans la haute symphonie de sa colère.

Après notre service du soir, Cassio et moi étions allés à la grande fête qui se tenait chez Gianfranco, dans la villa de ses parents dentistes à Monte Testaccio. Là-bas, nous nous étions disputés publiquement, quelque chose qui avait à voir avec la cuisine, parce que nous ne parlions jamais que de cuisine, de toute façon, et que tout le reste de notre vie demeurait dans l'obscurité du silence. La cuisine était comme le mur de squash de notre amour, c'était par là qu'on passait nécessairement pour s'aimer, notre amour rebondissait comme une balle sur le plan de travail, sur le cuivre des casseroles à confitures, sur les couteaux japonais, notre amour se reflétait à la surface des sauces opaques, se lovait dans les spaghettis, se cachait au fond des coques délicates des tellines, notre amour passait par les mains, la bouche, le silence, l'adrénaline. La cuisine nous opposait sur un ring de feu mais elle nous réunissait aussi, comme d'autres courbent leurs têtes apaisées sur un berceau, et à cause de ça comme eux nous finissions toujours par nous réconcilier sans réfléchir.

Ce soir-là, nous avions argumenté sur toute la route, *Tu ne supportes pas la critique. – C'est faux. – La preuve. – Tu sais, un jour, je vais te tuer.* Arrivés chez Gianfranco, notre dispute battait son plein, nous continuions de nous crier dessus en retirant nos manteaux pour les jeter sur une pile dans une chambre, et encore en nous servant deux verres au buffet, en cherchant quelque chose à grignoter, explosifs, symétriques, mais petit à petit la fête avait pris le dessus sur notre colère et nous avions fait la paix aussi facilement que nous avions déclenché les hostilités, comme toujours. Je le tenais dans mes bras, son visage contre ma joue, quand quelqu'un que je ne connaissais pas était passé à côté de nous et nous avait fait un clin d'œil en disant *L'amour, c'est du travail, hein ?*, et j'entends encore Cassio lui répondre, sincèrement surpris, presque courroucé *Non, non, tu confonds, c'est le travail qui est de l'amour*, et sous mes doigts, sous sa chemise, je sens encore tout son corps se tendre.

Il était parti comme une flèche se chercher un autre verre à la cuisine en espérant y croiser son dealer, et j'étais sortie dans le jardin m'asseoir dans la fraîcheur. Je me sentais très fatiguée. Quelques autres personnes se trouvaient là, éparpillées parmi les fleurs, fumant des cigarettes et des joints. Une enceinte passait 50 Cent, *Just a Lil Bit*. Bougies anti-moustiques, balançoires, lampions. Il y avait eu un éclair de lumière sur la pelouse, indiquant qu'une porte s'ouvrait, puis de grands pas feutrés par l'herbe humide, et j'avais reconnu le garçon du déjeuner.

Il était allé pisser entre deux buissons. Mon cœur battait dans mes tympans. De là où j'étais assise, je savais que j'étais la seule à pouvoir le voir, et je l'avais épié, debout face aux hibiscus. Sans prévenir, il avait tourné la tête vers moi et nos yeux s'étaient croisés longuement. Il avait remonté sa fermeture éclair et il avait fait demi-tour, il était rentré.

J'avais allumé une cigarette. La nuit sentait le jasmin et l'essence d'une tondeuse. À côté de moi, deux filles qui m'étaient inconnues parlaient ensemble dans le noir. Je ne les distinguais pas bien, mais je pouvais les entendre. L'une avait dit :

– Franchement, Cassio n'est pas le pire coup de Rome, mais il n'est pas terrible.

– Non, c'est vrai, ce n'est pas la lumière la plus brillante du lustre.

Elles avaient ri. Elles étaient ivres. J'avais éteint ma cigarette dans un photophore. S'il n'y avait pas eu la cuisine, on aurait peut-être eu le temps de se regarder, de se voir, de s'aimer, d'être doux, mais on était écrasés sous les poulpes, sous la farine de maïs, sous les ustensiles en bois, le lait de foin, sous les cris, les promesses, les brûlures, sous les paumes poisseuses de sang, la cire de bougie, les fruits surs, les problèmes d'agenda, les problèmes de fournisseurs, les accidents, les ambitions, les ampoules infectées, les nuits blanches, les cerises confites, les notes griffonnées au stylo bille sur du papier journal, les couteaux aiguisés. On ne s'en sortait pas. Quel avenir nous attendait ?

À ce moment-là, la porte de la maison s'était rouverte. De nouveau des pas dans l'herbe mouillée et le garçon de midi avait ressurgi devant moi, légèrement essoufflé. Baissant le front, il m'avait demandé d'une voix sourde :

– Est-ce que tu viens à Paris parfois ?

J'avais secoué la tête sous les lampions vacillants. Je n'étais pas sûre de comprendre. Je travaillais dans un restaurant. Je n'avais le temps d'aller nulle part, sauf si on comptait le marché aux poissons et les abattoirs. Le lundi, parfois, un aller-retour à Ostia dans la journée, pour voir la mer. Qu'est-ce qu'il voulait savoir, exactement ? Face à mon silence qui durait, il avait répété dans un murmure :

– Paris. C'est là que j'habite. Si tu passes un jour, viens me voir.

Il m'avait glissé un morceau de papier, et il était reparti d'une grande foulée nerveuse. Je l'avais suivi des yeux jusqu'à ce qu'il disparaisse, incertaine de ce qui venait de se passer. Quand j'avais déplié la feuille, j'avais lu une adresse à Paris et un numéro de téléphone.

Plus tard, près de la table de ping-pong j'avais croisé des gens que je connaissais et nous avions parlé, nous étions rentrés dans la maison chercher des verres, la même chanson repassait, *We can head to the crib in a lil'bit, I can show you how I live in a lil'bit, I wanna unbutton your pants just a lil'bit.* Quelqu'un avait monté le volume, on avait dansé un peu. Vers trois heures du matin, Cassio était venu me cueillir, virevoltant, déjà ivre, le front glacé, et nous étions partis. Chez lui, en retirant maladroitement ses vêtements, il m'avait dit *J'ai eu une illumination. Je n'ai pas besoin d'arrêter de me droguer, je peux me droguer juste un peu. – Non, tu ne peux pas*, j'avais dit en remontant la couette sur son corps. Il s'était endormi immédiatement. Je m'étais allongée contre lui tout habillée. Je l'avais serré dans mes bras, j'avais mis ma tête dans le creux de son épaule. Couchée à côté de lui dans le lit, je ne pensais qu'au petit papier dans ma poche de manteau.

III

Du soleil et de l'eau. Coupoles dorées dans la distance. Toits verrières au bord de la Seine. Grand Palais, Petit Palais, musée de l'Orangerie. Bateaux-Mouches. Taxis. Vastes allées sablées du jardin du Luxembourg. Bassin. Platanes, marronniers, tilleuls. Des mots mystérieux comme *place des Victoires* ou *café crème* ou *les Tuileries* ou *rue des Abbesses* ou *croque-monsieur* ou *bateau-lavoir* ou *Père-Lachaise* ou *chausson aux pommes* ou *exposition universelle* ou *guillotine*. Pâte feuilletée. Serviettes en papier. Rouge à lèvres. Paris. Marc Chagall. La tour Eiffel. La galerie des Glaces à Versailles. Calèche. Paris. Les barricades. Marie-Antoinette. *Qu'ils mangent de la brioche*. Le regard matois de la Joconde. Les macarons Ladurée. Sofia Coppola. *Le soleil se lève aussi*. Victor Hugo. Coco Chanel.

Place de la Rotonde. C'était le genre de choses auxquelles je pensais quand je pensais à Paris, et j'y pensais de plus en plus.

La situation avec Cassio devenait intenable. Au restaurant, il jetait des lèchefrites incandescentes à mes pieds, des escargots, des fourchettes. Dans la buée, il m'écrasait des myrtilles bleues sur le crâne, il fracassait des verres en cristal, et moi, je me dressais devant lui sous la lumière crue des néons, et je criais, je criais comme j'avais vu mon père crier sur ma mère, ou alors je me taisais, comme elle l'avait toujours fait, certaine d'avoir le dessus. On perdait du temps – un temps précieux. Cassio me parlait durement. Quand je l'avais rencontré, il était sarcastique, maintenant il était cruel. Il disait du mal de moi aux gens qui nous connaissaient. Il critiquait ma cuisine, ma cuisine impeccable. Il mentait. Il était jaloux. Il était infidèle. Il se cachait de moi pour se droguer toujours plus. Il minimisait.

Pourtant je lui pardonnais. Je lui pardonnais tout, à l'époque. Un jour, des années plus tard, quand je lui ai demandé *Comment, si jeune, est-ce que j'ai pu te pardonner tout ça ?*, et il a haussé les épaules sans me regarder. *La sagesse donne de la force, mais l'ignorance aussi, Ottavia. Quand tu étais jeune, tu ne savais pas à quel point c'était grave. – Ce que tu faisais ? – Non. Ce que toi tu faisais. Me pardonner.*

C'était l'un des étés les plus pluvieux qu'on ait jamais vus à Rome, la ville était lessivée, et au départ je m'étais demandé si cette pluie nous laverait nous aussi. Désormais je ne pensais qu'à partir. Je me disais que si je me déplaçais, géographiquement ou symboliquement, les choses s'arrangeraient entre nous. Peut-être que si je me tenais droite il le verrait. On n'agit jamais pour une seule raison, c'est toujours un écheveau qui nous décide. J'entrevoyais ce que je pourrais faire en France, les sciences culinaires que j'y apprendrais, je pensais à la Seine, aux grands chefs étoilés, et puis je pensais aussi au garçon qui était venu me chercher, qui avait déposé l'idée de Paris dans le creux de mes mains. J'étais curieuse de ce qu'il avait à me dire de si urgent.

Un jour de congé, j'étais passée chez ma mère boire un café et je lui avais parlé de Paris. Je n'en avais encore parlé à personne, même pas à Antonia, même pas à Matilda. Immédiatement ma mère avait dit que, si je le voulais, elle me donnerait l'argent du voyage, pas beaucoup plus parce qu'elle ne possédait pas davantage. Il faudrait que je travaille sur place. *Mais*, avait-elle ajouté après une pause, *j'ai entendu dire qu'il se passe des choses intéressantes en cuisine, là-bas, en France. Tu pourrais partir dès l'automne*. J'avais pensé qu'elle ne cesserait jamais de me surprendre. D'où tirait-elle cet argent? Quand je lui avais demandé pourquoi elle me faisait ce cadeau conséquent, elle avait réfléchi un moment et puis elle m'avait répondu que d'une certaine façon elle était partisane de toutes les options pouvant m'éloigner de Cassio. *Je ne peux pas aimer quelqu'un qui traite comme ça ma fille, mon extraordinaire fille*. Des années plus tôt déjà, elle m'avait confié qu'il lui évoquait un tyran, et quand j'avais protesté qu'il était plus subtil que ça, elle m'avait répondu gravement: *Tu sais, Ottavia, c'est Néron qui a inventé le sorbet. De la neige au miel, et on ne saura jamais exactement combien d'esclaves sont morts d'épuisement pour ça*. Je pensais la comprendre, pourtant une partie de moi me murmurait qu'il existait aussi vraisemblablement un lien entre l'exigence dans laquelle elle m'avait élevée, et le fait qu'à présent je permette à Cassio de me traiter aussi mal. Mais je ne connaissais pas les mots pour dire ça, je ne pouvais pas prononcer cette phrase, alors je suis partie. J'ai remercié encore ma mère pour sa générosité, j'ai embrassé Cassio sur la bouche à l'aéroport, et je suis partie.

Dès que j'avais posé le pied à Charles-de-Gaulle, j'avais su que j'avais pris la bonne décision. Le taxi était entré dans Paris, j'avais regardé la ville par la vitre, hautes façades haussmanniennes, fontaines, platanes, crasse, et je l'avais adorée. C'était tellement loin, c'était tellement différent, c'était tellement bien. Paris, Paris. Une semaine plus tôt, en réponse à mon message annonçant ma venue au numéro qu'il m'avait donné, le garçon m'avait simplement écrit *Appelle moi quand tu es là*. Ma mère m'avait aidée à louer pour six mois une chambre meublée au septième étage d'un immeuble du vingtième arrondissement. J'étais arrivée essoufflée en haut des escaliers de service, j'avais défait mes bagages, bu un verre d'eau, et je l'avais appelé. Derrière lui, j'entendais sonner les cloches de Saint-Sulpice. J'avais dit que j'étais bien là. Il m'avait donné rendez-vous au métro le soir même.

J'étais venue à l'heure dite, il m'attendait en haut de l'escalator. Il m'avait conduite chez lui. Il habitait au premier étage d'un immeuble moderne donnant sur une cour. Une pièce rectangulaire, avec un coin cuisine et une salle de bains. Matelas au sol, cartes postales au mur. Il faisait bon, nous nous étions assis sur son balcon avec des verres. Il m'avait souri.

– Alors, qu'est-ce que tu es venue faire ici ?

– La cuisine.

Te voir.

– Qu'est-ce que tu fais demain ?

– Je ne sais pas encore.

Rien. Tout ce que tu veux.

J'étais un peu nerveuse, j'avais demandé :

– C'est quoi, tes cartes postales, là-bas ?

– Mes tableaux préférés.

– Tu me montres ?

Il m'avait montré, puis on avait grignoté quelque chose, et il m'avait proposé de sortir. On avait marché jusqu'à un café où, après quelques verres, il s'était penché par-dessus la table ronde en marbre pour m'embrasser. Après, il m'avait demandé *Et si Cassio l'apprend ?* Quand j'avais dit *Peu importe*, il avait insisté, *Non, dis-moi, qu'est-ce qui arriverait ? – Il voudrait te tuer, j'imagine. – Bien. Je suis bagarreur*, il avait conclu très calmement. En sortant, il avait passé un bras autour de mes épaules, et nous étions rentrés en faisant des virages pour ne pas nous lâcher. Chez lui, on s'était assis sur le lit pour enlever nos chaussures, et après il avait posé sa main sur ma main, j'avais noué mes doigts aux siens, il avait tourné le visage vers moi et il m'avait embrassée, j'avais inspiré, il avait murmuré *J'aime ta façon de respirer*, et j'avais posé mes paumes sur ses oreilles. Le rythme s'était accéléré. On s'était débarrassés de nos derniers vêtements, et il était entré en moi comme dans une maison qu'on cambriolerait, sans rien chahuter, à la recherche d'une chose très précise qu'il avait dénichée, et alors tout avait paru définitivement autre – le monde s'était renversé et avait défini enfin son équilibre. Quand j'avais croisé son regard dans le noir, j'avais eu la sensation qu'il le sentait, lui aussi. Avant de m'endormir, j'avais pensé que je ne m'étais jamais sentie aussi heureuse que là, à Paris, collée contre lui.

Le lendemain, il était très souriant et très distant, il m'avait indiqué la salle de bains, il m'avait invitée à me laver les cheveux. Quand j'avais été prête, il m'avait emmenée prendre le petit déjeuner dans un café. Il s'était assis droit en face de moi, mais le trottoir penchait et sa chaise avait versé sur le côté, nos genoux s'étaient frôlés, et il s'était excusé comme si on n'avait jamais fait ce qu'on avait fait ensemble juste quelques heures plus tôt. Après, nous avions trempé nos oranais dans nos cafés en disant n'importe quoi. Toute la magie de la veille semblait disparue, comme s'il la lavait à grande eau devant moi sans que je puisse comprendre pourquoi. En sortant du bar, il m'avait embrassée sur la joue, il avait dit *À bientôt, Ottavia*, et j'étais rentrée chez moi.

J'avais attendu son appel, mais il n'était jamais venu. J'avais pensé à mon père qui me hurlait dessus, à Cassio qui me disait toujours que je ne savais rien, que je ne comprenais rien, que je ne valais rien, que je n'étais même pas jolie, que j'étais incapable, que j'étais nulle au lit. J'avais supposé que je m'étais trompée, une fois de plus. Que j'avais commis une erreur. Bien sûr qu'un garçon aussi bien ne voudrait rien faire avec moi, bien sûr que je n'inspirais aucune émotion particulière à ceux qui me rencontraient. Après tout, moi-même, j'aimais une seule chose à mon sujet : ma façon de cuisiner.

Alors je m'étais jetée tête la première dans Paris. J'avais travaillé dans plusieurs restaurants, je voulais étendre mon répertoire, je faisais des services partout où on me le proposait. J'avais démarré par un remplacement ponctuel dans un restaurant italien, parce que je pouvais comprendre ce que disaient les cuisiniers, et petit à petit j'avais commencé à décoder le français, les mots arrachés à la confusion les uns après les autres, âprement. Quand cet engagement avait pris fin, je me débrouillais assez pour me faire embaucher comme serveuse dans une brasserie traditionnelle près de la gare Saint-Lazare.

Aussi différentes qu'elles puissent être par ailleurs, toutes les cuisines partageaient un point commun : la violence. Les cuistots me coinçaient contre les frigos, retroussant les lèvres sur leurs dents pourries par les vapeurs de nougatine. Debout devant moi, immenses, puant la transpiration, un couteau pointu dans chaque main, ils me traitaient de *salope* parce que je ne voulais pas sortir avec eux après le service. Je les craignais, mais si je ne les avais jamais rencontrés, je n'aurais sans doute pas compris que c'était la cuisine qui était violente, par nature, par définition. Je n'en avais jamais été tout à fait sûre jusque-là. J'avais eu l'habitude de me faire crier dessus par mon père et par Cassio, et c'était plutôt un soulagement de découvrir que ça ne m'était pas spécialement destiné, que c'était simplement une de ces coutumes terribles que les hommes instaurent entre eux si on les laisse seuls trop longtemps dans un endroit surchauffé. C'était aussi effrayant que familier, et quand ça allait trop loin je changeais d'endroit.

Dans un bistronomique de Belleville, j'ai rencontré une serveuse italienne qui s'appelait Marina. Elle venait de Naples, elle avait voulu se former à Paris, la ville où les restaurants avaient été inventés. Nous nous sommes liées d'amitié, nous allions ensemble manger partout où nous pouvions nous le permettre. Marina voulait devenir sommelière, elle m'emmenait boire des vins miraculeux dans ses repaires, nous parlions toute la nuit, elle m'apprenait les goûts du vin – sueur, ciment frais, prune, sciure, trognon de pomme. Rentrée chez moi, je dormais comme une souche, le matin j'étais réveillée par le soleil sur mon visage. Je me faisais du café en lisant Brillat-Savarin, je grillais du pain, je prenais une douche et puis j'allais me promener dans la ville avec mon casque sur les oreilles. Le soir, soupe de soie, soupe de coquillages, *lobster roll*, vinaigrette, endives braisées, fraisier. Poularde de Bresse, raviolis de courge, tarte au citron meringuée, paris-brest. Je mettais le peu d'énergie qui me restait à m'efforcer de ne pas penser à Clem, ne pas continuer de me demander ce qui s'était passé, mais je ne cessais de le chercher. Avec ses études aux Beaux-Arts, les cartes postales que j'avais aperçues chez lui étaient le seul indice que j'avais de ce qu'il aimait, alors je m'étais mise à aller voir la peinture dans les musées, dans l'espoir de le croiser, de me rapprocher de lui d'une manière ou d'une autre, et qu'il m'aime, moi aussi, peut-être, en me trouvant là un jour. Grand Palais, Petit Palais, Orangerie, Jeu de paume. Cézanne. Valloton. Kusama. Kline, Derain, Picasso.

Entre deux services, assise en tailleur sur les chaises tressées des brasseries, j'écrivais des lettres à Cassio à toute vitesse, dans lesquelles j'essayais de lui faire ressentir la distance entre nous, le rendre un peu jaloux de mon grand voyage, et qu'il sente mon absence comme je sentais la sienne. Dans l'étrangeté de Paris, j'aurais donné tout ce que j'avais pour le voir débarquer fou de rage, me faire une scène comme autrefois dans nos cuisines, parce que je ne comprenais pas encore que depuis tout ce temps je confondais l'amour et la colère.

Une saison succédait à l'autre. L'interminable hiver parisien prenait fin, c'était le printemps et je faisais connaissance avec moi, Ottavia. Je portais des robes sur les boulevards écrasés de chaleur, je buvais des verres en terrasse avec Marina à deux heures du matin, je lisais des livres d'art assise sur une marche dans la cour des restaurants ou dans le métro, le matin avec mon croissant. J'essayais de ne plus penser à Clem. Quoi que j'aie pu ressentir pour lui, il m'avait rejetée si nettement que j'essayais à présent de parvenir à l'oublier. Je travaillais. J'écrivais à Cassio *Je sais que tu dors, mais je voudrais pouvoir te téléphoner pour prendre le petit déjeuner. Je n'ai jamais pensé que je serais capable de vivre avec un homme tous les jours. Tu es mon maximum. Tout le reste est insoutenable. Tu me manques tellement, mon amour.* J'en étais persuadée. Les jours s'allongeaient. La date de mon départ approchait, j'étais partie à la fin de l'été, la saison allait recommencer. J'en avais appris suffisamment. Peu avant mon retour, ma dernière lettre à Cassio disait *Pendant des années j'aurais voulu nous lier solidement, et c'est seulement maintenant que je réalise que le temps s'en est chargé – que les années ont passé jusqu'à ce moment où nous sommes devenus inséparables, quoi qu'il arrive.* Sono tornata, *Cassio Cesare.*

IV

Cassio avait emprunté une voiture pour venir me chercher à Fiumicino. En l'apercevant dans le hall à l'aéroport, tee-shirt noir, pantalon blanc, les cheveux très courts, j'avais eu un frisson. Il avait chargé mes affaires dans le coffre, il m'avait emmenée chez lui, nous avions fait l'amour, nous avions fumé en écoutant de la musique, et puis sans un mot nous avions enfilé nos blouses pour partir assurer le service du soir, comme des oiseaux migrateurs ou des saumons, suivant leur instinct.

Il y avait six mois que je ne l'avais pas vu. J'avais changé, et je n'étais pas la seule. Cassio était épuisé, teigneux, poignant. Il buvait des doubles vodkas et me parlait sans me regarder dans les yeux. Sa cuisine était devenue agressive, des rouges homards, des noirs de seiches, ses assiettes pleines de tristesse et de virulence, légumes presque crus, épices sournoises.

Pourtant, j'avais repris ma place à ses côtés. J'avais cuisiné avec lui, et nous avions eu de grands et beaux moments. Trois mois durant, j'avais travaillé dans le plaisir immense de cuisiner ensemble comme autrefois, son corps si familier presque immobile dans la concentration, les gestes simples et précis de ses mains, ses claquements de langue, son odeur. Je n'aimais jamais tant Cassio qu'en le regardant éplucher des pommes, raturer des notes griffonnées, soupeser un poisson les yeux fermés. Je savais la limite exacte de sa patience et de son impatience. J'étais encore enfant quand je l'avais rencontré. Il fallait me pardonner. Évidemment que je l'avais aimé pour sa maîtrise. Évidemment que je l'avais aimé pour ses compétences, des qualités tangibles, intrinsèques, qui étaient mes raisons. La Sachertorte. Voilà, je l'aimais pour la Sachertorte, à la fin. Je l'aimais pour l'équilibre parfait de deux disques de génoise, un glaçage au chocolat, de la confiture d'abricots. Aujourd'hui encore, je ne peux pas croire que ce soit la pire façon d'aimer quelqu'un.

L'espace de quelques semaines, cette année-là, nous avions fait la meilleure cuisine de notre vie, ensemble. *Pigeon au jus de raisin vert.* Caponata *d'hiver.* Fettuccine *du mauvais temps. Sachertorte pirate.* La nuit, nous passions chez Fassi prendre une glace avant de rentrer chez lui écouter de la musique. Et puis les vieux problèmes avaient ressurgi. Cassio disparaissait au lavabo trop souvent, il fracassait des verres, il déclenchait des bagarres, si bien qu'à la fin de la saison, je m'étais résolue à prendre un poste dans un restaurant concurrent, de l'autre côté du parc. C'était une *osteria* minuscule près du cinéma Apollo, et là-bas, j'avais cuisiné vraiment seule pour la première fois. J'avais une apprentie, mais personne ne me donnait d'ordres, c'était inédit.

C'est là qu'un jour d'automne j'avais compris que moi aussi je pouvais enchanter Cassio avec ma cuisine, que le pouvoir qu'il avait si longtemps eu sur moi je le possédais désormais sur lui. J'étais sortie du restaurant où je travaillais, j'avais traversé tout le parc de la Piazza Vittorio avec un petit bol couvert d'une soucoupe en porcelaine. Vingt-deux ans, peut-être vingt-trois, avec une de mes robes longues en soie et des sandales, avec mes lunettes de soleil, un chignon, marchant sur Cassio comme une armée dans une rue pleine de lumière pour venir lui enfourner une cuillerée de ma cuisine dans la bouche. Ce jour-là, je me suis vue, marchant droit à travers les palmiers du square, et je me rappelle m'être dit *Je suis exactement la fille que je rêvais d'être, je me tiens exactement là où je rêvais de pouvoir me tenir un jour. C'est tout ce que je voulais. L'amour, c'est du travail. Le travail, c'est de l'amour.*

J'étais entrée dans le restaurant de Cassio, il avait goûté la cuillerée que je lui avais tendue, il avait avalé, et il avait souri d'un sourire immense. Il avait dit *C'est fabuleux, Ottavia. Fabuleux. Qu'est-ce que c'est ?* L'espace d'un instant suspendu, tout avait paru si simple. Je nous avais vus continuer comme nous étions, nos deux appartements, nos habitudes, nos convictions, nos souvenirs, j'avais pensé aux derniers jours, à combien il m'avait manqué à Paris, à tout ce qu'il était le seul à savoir sur moi, tout ce que j'étais la seule à savoir sur lui et continuer avait semblé possible. Mais la seconde d'après je m'étais entendue dire à voix haute *C'est toute ma colère contre toi, Cassio. C'est terminé, cette fois.*

Et comme ça, ça avait été fini. Je l'aimais encore, bien sûr, mais rien n'avait changé en mon absence, et soudain ma colère m'avait dépassée. Je ne le comprenais plus du tout. Je ne voulais plus de cette tension. Je ne voulais plus vivre dans son ombre. Je ne voulais plus être sa moitié. Quelque chose en moi se cabrait net devant une telle perspective de malheur. Je voulais faire la cuisine en paix. Des années à tout partager, et après cette phrase j'étais sortie du restaurant, j'avais disparu de sa vie, et il ne m'avait pas retenue. Deux semaines plus tard, j'avais appris par des rumeurs d'amis communs qu'il était parti en Sicile, et nous ne nous étions pas parlé pendant plus de trois ans, jusqu'à ce qu'il me hèle dans l'Esquilino à son retour.

Mais je vais trop vite : la semaine suivant le départ de Cassio, mon père m'avait téléphoné pour m'inviter à passer le voir. J'étais venue, et il m'avait dit *Ottavia, je te donne le restaurant. – Quel restaurant ?* j'avais demandé. *Le mien*, avait-il répliqué. J'étais debout devant mon père, et je m'étais soudain aperçue que j'étais aussi grande que lui. C'était insensé, parce que je connaissais ma taille et la sienne, et les quinze centimètres qui nous séparaient à son avantage – pourtant, c'était un fait, nous étions face à face et je le regardais droit dans les yeux. Et c'est là seulement que j'ai su que je désirais effectivement un restaurant, mais à moi.

J'avais fait des recherches et j'avais trouvé un local à louer dans l'Esquilino. Après avoir signé le bail, j'avais appelé Marina à Paris, je lui avais dit *Je monte un restaurant, tu veux en être ? – Tu plaisantes,* elle avait répondu, *bien sûr que je veux,* et une semaine plus tard elle était là. C'était bon de la revoir. Je lui avais présenté Antonia, c'était l'automne où Antonia était enceinte pour la première fois, elles s'étaient entendues tout de suite. Marina était venue vivre chez moi, Antonia s'était installée avec Leo à cette époque. On savait toutes que ce n'était pas le bon mais on n'osait pas le lui dire, et finalement il s'est révélé le bon, c'était elle qui avait raison. On avait peint les murs et trouvé des meubles de seconde main. On avait choisi des assiettes. Marina avait composé sa cave, elle était partie en voiture sillonner l'arrière-pays pour dénicher des bouteilles inattendues. Au crayon à papier, j'avais patiemment écrit ma carte sur un petit carnet quadrillé.

Quand j'ai commencé à vouloir cuisiner sérieusement, j'ai découvert ce qu'au fond je savais depuis le début : je ne pourrais pas faire la cuisine de ma mère parce que ma mère n'avait jamais fait la cuisine. La cuisine de ma mère n'était pas une assiette, ce n'était pas un plat, pour ma mère la cuisine désignait peut-être d'abord la pièce dans laquelle elle déployait son théâtre de rébellion. Bien sûr, j'ai souvent eu l'impression de la trahir en marchant dans les pas de mon père, parce que je savais qu'elle estimait que je pactisais avec l'ennemi en suivant sa voie. Je ne pouvais pas faire sa cuisine à lui non plus, et alors au bout d'un moment j'avais compris où je voulais en venir. Je ne voulais pas faire des plats de mon enfance, mais des plats qui la racontent. Je voulais mettre dans ma cuisine la révolte empêchée de ma mère, sa mauvaise grâce pleine de superbe, ses abdications, ses fureurs, ses yeux bleu-noir comme des raisins secs le soir, ses regrets cuisants. Il me faudrait des années pour y parvenir, mais je voulais inventer des plats qui parleraient des centaines de livres lus par provocation, les pieds sur la table devant les assiettes vides, les mille ruses, je voulais donner à voir le refus de servir, superbe, tempétueux, des femmes de ma famille, le refus catégorique de se livrer totalement à qui que ce soit.

Face à ma réponse, mon père avait vendu son restaurant à un inconnu quelques mois plus tard. Il avait mal aux jambes de se tenir debout depuis si longtemps, et la somme qu'il avait tirée de la vente des murs et du fond devait lui permettre de vieillir en paix. Parfois, je me demandais pourtant si nous ne l'avions pas détraqué, Cassio et moi, en nous imposant dans son royaume avant de le quitter ensemble sans un regard en arrière. Toute sa vie, mon père avait fait la cuisine avec passion et splendeur, mais après notre départ il semblait s'être soudain senti seul au point de ne plus vouloir continuer. Malheureusement, le repos ne lui allait pas, il tournait en rond comme une grosse mouche. Désœuvré à la maison, errant dans les jambes de ma mère, il venait régulièrement voir ce qui se tramait chez moi, et assis au comptoir il se prenait la tête dans les mains en gémissant devant mes assiettes iconoclastes. Quand j'avais le temps, c'était moi qui lui rendais visite à la maison, souvent avec un des garçons que je fréquentais. Au début de cette année-là, l'année suivant le départ de Cassio, j'ai amené des hommes à mon père comme les chats ramènent des oiseaux morts sur les terrasses de leurs propriétaires. Les uns après les autres, je les tirais par la main dans l'escalier, je les faisais s'asseoir en face de lui sur un fauteuil en velours, pour le jugement dernier. Je voulais que mon père les voie, mais je voulais surtout qu'eux voient mon père, parce que je voulais qu'ils l'affrontent comme moi je l'avais affronté toute ma vie. Je voulais qu'ils comprennent que bien avant d'être leur petite amie j'avais été et je resterais la fille de cet homme-là, et que vivre avec moi voudrait toujours dire vivre avec lui, vivant ou mort. Et eux, je les voyais avec lucidité pour la première fois à travers ses yeux à lui. Je savais toujours que quelque chose clochait mais c'était seulement quand il les regardait de haut en bas que je comprenais. Je continuais, à intervalles réguliers, à lui présenter des garçons, amenés chez lui comme tenus délicatement entre mes dents. Ils étaient un fil ténu entre nous, un alibi pour être avec lui. Un jour, quand même, j'avais eu des doutes sur notre stratégie, et je lui avais demandé maladroitement :

– Comment c'était, quand tu as rencontré Maman ?

Mon père m'avait regardée posément. Il avait haussé les sourcils et il avait répondu :

– La famille de ta mère était paysanne mais respectée, admirée. Maintenant, tout ou presque s'est écroulé, mais à l'époque, c'était moi le mauvais parti – un petit cuistot de la ville. Mon grand-père était cuisinier, mon père était cuisinier, mes frères étaient tous cuisiniers, mais nous n'étions pas encore particulièrement bons. Elle, elle avait un domaine. Tout le monde savait qui elle était, dans la région, elle excellait dans sa partie, ils avaient besoin d'elle, à Favale. J'ai eu de la chance qu'elle accepte de me suivre.

– Vous ne m'avez jamais dit ça.

– Tu ne nous as jamais demandé. Les enfants posent rarement les bonnes questions à leurs parents, j'imagine. Ils ne pensent jamais à leur demander comment ils sont arrivés là, ce qu'ils ont fait pour se retrouver dans cet état. Vous nous prenez pour acquis. Vous vous comportez comme si nous étions inépuisables, pourtant nous ne le sommes pas. J'ai fait de mon mieux avec ta mère, du mieux avec ta sœur et toi, mais ce n'était pas facile, et je n'ai pas toujours réussi. Tu sais, quand tu es née, mon premier enfant, ma première fille, quelques heures après l'accouchement, je suis ressorti de l'hôpital, je me suis assis sur un banc, et d'une certaine façon j'y suis encore. J'ai mes torts, je le sais. Je n'ai sans doute même pas fini de mal me comporter. Mais personne ne m'avait appris à être un père, un mari. J'ai tâtonné. J'ai bientôt soixante ans et je ne sais toujours pas comment faire, comment faire autrement. Tu m'as vu cuisiner, tu sais de quoi je suis capable. Mais maintenant c'est terminé. Tu es grande. Tout est fini. Tu n'es plus mon enfant, ma petite enfant. Tu n'as même pas voulu de mon restaurant.

Il s'était mis à pleurer sans prévenir. J'avais soudain eu envie de lui dire qu'il avait été un bon père, à la fin, et puis je m'étais rappelée que j'avais été une bonne fille, moi aussi. Que j'avais grandi parce que c'était dans l'ordre des choses. Que j'avais le droit de faire ce que je voulais. Je l'avais embrassé, je lui avais dit que je l'aimais, je m'étais levée pour partir. Dans la rue, quand j'avais porté mes mains à mon visage pour essuyer mes larmes, elles sentaient comme si j'avais raclé la terre avec mes ongles.

Avec Marina, un soir au restaurant, on avait eu un client solitaire. Il était arrivé très tôt, on l'avait installé près de la fenêtre, et il avait demandé s'il pouvait plutôt avoir la table près des cuisines. Il avait fait des choix étonnants dans sa commande, mais je ne m'étais pas méfiée. À la fin du repas, il était venu payer au bar où je buvais un verre d'eau avant le deuxième service, et il s'était présenté à moi en disant *Bensch*. C'était le premier mot que j'avais entendu sortir de sa bouche, si bien que dix ans plus tard je l'appelais encore par son nom de famille, même après que ce nom était aussi devenu celui de nos enfants.

Après son nom, il avait dit :

– Je suis critique gastronomique.

J'avais demandé :

– Et ?

– Et, avait répondu Bensch, je vais écrire un article sur votre restaurant. Je ne vous dis pas encore quoi. Mais je voudrais vous inviter à dîner quelque part pour discuter.

– D'accord.

Nous étions allés dîner une semaine plus tard dans un tout petit restaurant vietnamien que je ne connaissais pas, dans le Trastevere. Il avait pris des crêpes de soja aux crevettes et le *bò lúc lắc* avec un bol de riz blanc, moi le saumon *amok* et des nouilles sautées. Il avait souri et il m'avait dit :

– Avant de parler pour de vrai, je dois vous poser trois questions qu'on va ajouter à votre portrait.

– Je ne savais pas que vous faisiez un portrait.

– Moi non plus, au départ, pour être franc. Mais plus j'écrivais et plus ça m'a semblé évident.

Il m'avait regardée en face avant de reporter son attention sur la feuille de papier griffonnée qu'il tenait dans ses doigts.

– Voilà les questions : Votre recette préférée. Votre chanson préférée. Et évidemment, votre restaurant préféré à Rome.

– Je ne peux pas répondre à la première question. Pour la deuxième, je dirais *How*, de John Lennon.

Mon restaurant préféré, c'est celui que Cassio Cesare tenait encore il y a six mois.

– Mais il a fermé, non ? avait demandé Bensch.

– Oui.

– Je veux dire, il a disparu. Rayé de la carte.

– C'est quand même mon restaurant préféré.

– Ce n'est pas possible, il avait répondu poliment. Mais je note.

Après, toute la soirée, Bensch avait parlé, parlé, mais sous ses apparences volubiles il ne cessait en fait de me poser des questions. Nous avions croisé des gens qui le connaissaient et ils semblaient l'apprécier sincèrement. J'avais passé un bon moment, même si je ne savais pas exactement sur quel pied danser.

Quelques jours plus tard, il m'avait invitée de nouveau, dans un lieu très moderne, ancienne fabrique de chaussures, cuisine pointilliste, sésame grillé, yuzu, poisson de ligne. Cette fois, Bensch m'avait parlé de ce qu'il faisait, parallèlement à la critique. En fait, il étudiait la littérature, mais il avait eu besoin d'un petit boulot et un de ses amis travaillait dans ce magazine, c'était comme ça qu'il avait eu le poste. Il aimait manger, il aimait écrire, et ça lui aérait la tête après une journée dans les livres. Quand je lui avais demandé pourquoi la littérature, parmi toutes les matières possibles, il avait répondu d'un air amusé :

– Mon père et ma mère étaient professeurs d'anglais. Ils se parlaient souvent en anglais à la maison. Il y a des mots que je ne connais toujours pas en italien, parce que mes parents ne les utilisaient jamais. Le mot qui désigne la poussière de tissu qui reste collée dans les machines à laver, par exemple – mes parents disaient *lint*, et même si j'ai entendu depuis plusieurs fois le mot italien pour ça, je ne parviens jamais à remettre la main dessus quand j'en ai besoin. Ou *brass*, ce métal mineur avec lequel on fait des robinets ou de petits objets décoratifs, tu vois ? Je ne sais pas dire ça en italien.

– *Rame.*

– Voilà, exactement. *Rame.*

– Et *pelluchi*.

– Merci. Tu vois, ce ne sont pas des mots particulièrement utiles ou nécessaires, on peut sans doute vivre sans, mais je ne sais pas les dire en italien, c'est quand même bizarre, à force. J'ai appris l'anglais très jeune, peut-être d'abord parce que c'était la langue que mes parents parlaient pour ne pas que je les comprenne, et que donc, forcément, j'étais prêt à tout pour en percer le secret. Il y a des enfants qui tiennent leurs parents à distance et d'autres qui cherchent toujours à se rapprocher encore davantage d'eux, et j'appartenais clairement à la deuxième catégorie. Je me suis spécialisé en anglais, en littérature anglaise, et paradoxalement c'était une provocation, puisque mes parents étaient tous deux linguistes, la partie la plus scientifique du département d'anglais, tandis que moi j'ai choisi d'aller vers les quelques-uns qui l'avaient pliée à leur désir, détruite, réinventée. Parce que je pensais *Je ne veux pas savoir d'où les mots viennent, je veux savoir où ils vont.*

J'avais avalé ma salive. Des années plus tard, dans un article qu'il me ferait lire dans *L'Unità*, il écrirait :

> Il semble que tout le monde ait oublié une loi fondamentale : la littérature est une affaire de forme bien avant d'être une histoire de fond. Tout a déjà été dit, tout a déjà été. Nous savons à peu près ce qu'est

la vie, parce que nous la vivons. Ce que nous allons chercher dans la littérature, ce que nous devons y chercher, ce n'est pas ce que nous connaissons, mais ce que nous ne connaissons pas. C'est le dépaysement qui est précieux – le désemparement. Nous ne venons pas à la littérature pour nous y sentir familiers, mais, au contraire, déplacés. Nous venons écouter une histoire et nous attendons que les mots soient agencés selon un ordre nouveau. Des sujets, nous n'en manquerons jamais, ou bien nous en manquerons toujours, c'est une question de point de vue seulement. Mais la littérature compose avec les lettres et leur ordonnance, la syntaxe, la grammaire, l'architecture. C'est de ça qu'il est question, et je ne voudrais pas qu'on l'oublie. Il n'y a rien de prosaïque. Il y a les mots posés les uns après les autres, patiemment, cherchant la justesse.

J'aimais sa façon de parler des livres, sa façon de parler de cuisine, j'aimais ses cheveux couleur de coquille de noisette, j'aimais ses vêtements, l'étoffe rude des pantalons, le caban, j'aimais le son de sa voix quand il me disait *Bonjour*, quand il protestait *Mais enfin Ottavia*, j'aimais son rire silencieux, les yeux fermés, les épaules agitées de sursauts, doigts posés sur les paupières, j'aimais son apparente facilité, sa grâce sociale, l'évidence avec laquelle les gens qui le connaissaient lui faisaient confiance. J'aimais sa capacité à tenir ses distances, à ne jamais empiéter sur mon territoire, à garder sa place, et à dégager tant de chaleur pourtant, bon feu de bois crépitant, cappuccino, véranda sous la pluie.

À notre troisième rendez-vous, il m'avait raconté ses journées. Il se levait à cinq heures du matin, comme moi. Il habitait Piazza della Repubblica, il regardait le ciel par la fenêtre, s'asseyait dans son fauteuil, et pendant que je courais au restaurant mon panier sous le bras, il lisait jusqu'à neuf heures. Quand les cloches de Santa Maria Maggiore sonnaient, il prenait sa douche, il sortait acheter un café et un petit gâteau, il lisait le journal au comptoir, je servais les premières tables, il faisait une marche le long du Tibre puis il rentrait chez lui et il écrivait, une critique ou des notes pour ses travaux de recherche. Je servais les cafés et les digestifs, il rédigeait des courriers. Je débarrassais les tables, il payait des factures en ligne, et puis il se préparait une salade, il lisait encore deux ou trois heures, allongé sur son lit, tandis que je remettais le couvert. Il soulignait des passages au crayon dans des livres d'occasion, je fumais une cigarette dans la cour en piaffant comme un poulain fou. Au moment du coup de feu, Bensch mettait sa veste, il prenait l'enveloppe de cash fournie par le magazine, il choisissait un restaurant, et il allait dîner tout seul. *Dans la journée*, m'avait-il dit le quatrième soir, *mon esprit gouverne, mais le soir, c'est ma langue*, et j'avais été surprise de m'entendre penser *Et qu'est-ce que tu sais faire d'autre, avec ta langue?* Je ne comprenais toujours pas très bien qui il était, mais j'aimais ses histoires, j'aimais ses hésitations et ses certitudes, la précision de son discours, et voilà que je découvrais que j'étais aussi curieuse de son corps, de ce qu'il pouvait en faire. Je l'écoutais avec attention. Ce soir-là, à la fin du repas, il m'avait raconté:

– J'ai passé une partie de mes études en Angleterre, dans le Yorkshire. Quand je suis arrivé, j'ai mis un moment à comprendre que je parlais anglais avec l'accent italien, en roulant les r. Mes parents n'étaient pas allés dans un pays anglophone depuis ma naissance. Leur grammaire était impeccable, mais leur accent catastrophique, et j'en avais hérité. Je me rappelle être parti en bagnole dans la campagne anglaise pendant les vacances et avoir trouvé que les moutons avaient des pattes très courtes dans ce pays – jusqu'à ce qu'un fermier à qui j'avais posé la question m'explique que c'était juste qu'il n'avait pas coupé l'herbe depuis un petit moment. *Reviens dans une semaine*, il m'a dit en riant, *ils auront des pattes plus longues. Tu vois ce que je veux dire?* J'avais dix-neuf ans. Je ne savais rien de rien.

– Et maintenant?

– Maintenant, depuis très peu, je crois que je vois un peu mieux, il avait répondu en me regardant dans les yeux, pensivement.

Nous avions mangé nos sorbets, et puis il m'avait demandé :

– Est-ce que tu connais le poème qui dit *Je veux te faire ce que le printemps fait aux cerisiers* ?

– Non, j'avais répondu parce que c'était vrai, mais en silence j'avais pensé *Je crois que je voudrais te faire l'amour comme sur mon plan de travail je verse la farine, je creuse un puits, je casse un jaune d'œuf au milieu et je remue avec ma main nue jusqu'à ce que ça ne soit plus qu'une seule et même chose, je veux te faire ce que le jaune d'œuf fait à la farine, ce que la farine fait au jaune d'œuf, je veux te faire le poivre dur sur la langue, je veux te faire le crépitement du lard dans la poêle, les éclaboussures, je veux te faire les* orecchiette *minuscules et mystérieusement émouvantes sous la dent, je veux te faire le lait, le café brûlant, je veux te faire le caramel dur qui colle au fond des cuivres et blesse les mains, je veux te faire ce que le printemps fait aux cerisiers, oui, bien sûr, mais surtout je veux te faire la cuisine du lundi soir, la cuisine des fins de mois, et puis je veux te tenir dans ma main comme la pâte à pizza tournant au ralenti sur mon index, souple, mouillée, je veux déverser des litres de sauce sur ta tête, être avalée comme un oursin, lèvres collées à la coquille, cerveau éteint.*

Devant moi, Bensch ne disait plus rien. Il me fixait exactement comme s'il pouvait entendre mes pensées. Sous la table, j'avais frotté mon pied nu au sien.

Qu'est-ce qui s'est passé entre ce moment-là et toutes les années d'après? Parfois je peux m'en souvenir un peu, mais le plus souvent c'est comme si tout avait disparu dans le mouvement soyeux de la succession des jours. Bensch avait continué à m'inviter à dîner. Le lundi, le restaurant était fermé et je l'accompagnais dans d'autres restaurants à travers toute la ville. Bien qu'il ne me l'ait pas dit d'entrée de jeu, la chronique gastronomique qu'il tenait rencontrait un certain succès, et après son article, les clients avaient afflué, puis d'autres critiques étaient venus. Pour fêter ça, plusieurs fois je lui avais proposé après mon service de venir partager une assiette de *culatello* en buvant un verre dans ma salle vide. Plus je le voyais, plus j'aimais être en sa présence, j'aimais sa façon de parler, de raconter les histoires en posant tout le temps les mots justes, en relevant des détails intéressants, j'aimais sa façon de rester bien assis à table, sa foulée saccadée dans les rues. J'aimais son assurance, son intelligence, son calme, sa capacité à régler les problèmes qui surgissaient, les obstacles qui se présentaient à lui. Je ne craignais pas son jugement, et au lit, il m'inspirait confiance, j'aimais sa capacité à exprimer son désir, l'énergie de son désir, les différents visages de sa droiture. J'aimais son sac à dos, le poids de ce sac dans mes mains quand il m'arrivait de le lui tendre par-dessus une table avant de partir d'un restaurant, et le fait de savoir que ce poids était un poids de livres, j'aimais son italien plein d'anglais, son côté cosmopolite, j'aimais son enthousiasme pour les olives, le citron, les choses simples. Quand je l'ai présenté à mon père, à son tour, un jour, mon père m'a retenue sur le pas de sa porte pour me souffler à l'oreille :

– Voilà, un gars comme ça. C'est avec un gars comme ça que tu devrais être, Ottavia. Je ne comprends rien à ce qu'il raconte, mais je crois que toi si.

Quand il passait du temps chez moi, Bensch s'installait dans la chambre pour travailler. Un jour, en rentrant, je l'avais entendu dire à travers la porte *Mais enfin la fidélité n'est pas la question ! La fidélité n'a aucune importance. C'est seulement le sens qui compte. Faire en sorte qu'à la fin ce soit aussi bon que ça l'était au départ.* J'avais poussé la porte, Bensch s'était tourné vers moi, il était au téléphone, je lui avais demandé *De quoi tu parles, exactement ?* Il avait éclaté de rire. *De traduction*, il avait dit. *Je parle de traduction avec Adam, un confrère. Il pense qu'il faut traduire mot à mot. Je lui prouve que c'est idiot.* J'avais refermé la porte doucement. Une autre fois, dans ces premiers mois, un matin où j'avais dormi chez lui, il était sorti pour aller à un rendez-vous à l'université et il m'avait enfermée à l'intérieur. Quand je l'avais appelé à l'aide, il était revenu immédiatement sur ses pas pour m'ouvrir la porte avec un sourire gêné. *Tu vas penser que je ne veux pas te laisser partir. – C'est le cas ?*, j'avais demandé. – *En fait, oui*, il avait dit. Six mois plus tard il y avait eu l'appartement de la Via Merulana, celui qui donnait sur la Piazza Dante. Après, c'était l'année où Bensch avait arrêté de travailler pour le magazine, où il avait été diplômé. L'année où mon père m'avait légué ses couteaux, ses instruments, et puis très vite il y avait eu les enfants.

Enceinte d'Anna, j'étais venue sonner à la porte de mes parents, mon ventre pointant devant moi, étendard comme faire-part. Mon père avait ouvert et il m'avait regardée de haut en bas, sourire admiratif et effrayé à la fois, et il m'avait fait entrer. Je m'étais assise sur le sofa à côté de lui, et je n'avais rien su dire. Il avait rempli deux verres de *grappa*, alors j'avais bu avec lui au mépris de toute recommandation médicale. Et avant de vider le sien, il m'avait souri, il avait dit :

– Tu as fait ton choix, Ottavia. Parce qu'un bébé, c'est pour toujours.

En rentrant, j'avais pris un détour pour aller jusqu'au cirque Massimo, et marcher jusqu'au centre de l'arène ovale où tant d'esclaves étaient morts, parce que ça semblait un bon endroit pour comprendre la vulnérabilité qui m'attendait. J'avais travaillé jusqu'à la veille de l'accouchement, sa mise au monde avait duré douze heures, une douleur que je n'aurais jamais pu imaginer, même dans mes pires cauchemars. Je l'avais regardée après dans mes bras, j'avais eu le vertige. Il y avait des photos de moi une semaine plus tard, allongée sur notre canapé, donnant le sein, téléphone calé à l'oreille. Quand elle était venue, ma mère avait souri, comme si elle disait, *Tu vois, ce n'est pas si facile que ça*. J'avais eu un autre enfant, deux ans plus tard, Livia, une anguille. J'étais en train de laver des tomates vertes quand j'avais senti les premières contractions, très violentes, trois semaines avant le terme. J'avais appelé Bensch qui avait débarqué au restaurant en voiture. Sur le siège passager, j'avais perdu les eaux, la douleur avait bondi comme un animal féroce, je mordais ma ceinture de sécurité pour rester consciente, à la maternité elle était née dès que j'avais pu m'allonger et retirer mon pantalon. Deux filles, deux beaux prénoms anciens, classiques. Toujours une arrière-grand-tante tapie quelque part, une ancêtre qu'on espérait bienveillante. Le lait, les langes, les nuits entrecoupées, les petits jeux en bois, tout recommencer. Anna avait six ans et Livia quatre la première fois que Bensch et moi avions réussi à partir en week-end seuls tous les deux. Bensch nous avait réservé une chambre dans une auberge sur les rives du lac Majeur. Le soir, après un dîner arrosé dans le restaurant de l'hôtel, nous avions roulé sur le lit sauvagement, et quand Bensch m'avait demandé *Tu veux ?*, j'avais dit *Oui*, et il était venu en moi avec un rugissement sourd tandis que dans la salle à manger un orchestre de cuivres de chasse jouait *Your Song* d'Elton John, et c'était comme ça que nous avions eu Silvio, notre dernier enfant, cheveux bruns presque bleus, mystérieux. Bensch m'avait appris que la racine de ce mot, *silve*, la forêt, était la même que celle de mon propre nom de famille, *selva-ggio*, sauvage. Deux mois après sa naissance, j'étais retournée au restaurant, je travaillais beaucoup, j'avais toujours beaucoup travaillé, ça n'avait jamais semblé déranger Bensch. Après son diplôme, il avait commencé à enseigner à la Sapienza, une charge de cours d'une quinzaine d'heures par semaine, en littérature anglaise. Le reste du temps, il écrivait des articles et il s'occupait des bébés.

C'était mon Bensch avec tous les papiers entassés dans son bureau, et l'amour que je ressentais pour ça, le plaisir à le voir là, tout ce que cette pièce disait de sa vie intérieure qui m'échappait encore. Parfois, j'y entrais en son absence juste pour regarder les petites notes, les petits objets. Face à son bureau, il avait punaisé un papier avec une citation de Jim Harrison qui disait *En réalité, Nordstrom n'était pas un très bon danseur mais cela n'avait aucune importance puisqu'il dansait seul*, et j'aurais pu l'aimer simplement pour ça. Quand je croisais son regard, je ressentais encore cette chose entre nous, par-delà les discordes et les rancunes de la vie commune au long cours. Je crois que, comme il l'avait écrit dans son article, je recherchais avant tout le désemparement, dans la lecture mais aussi au lit, et c'était précisément ce que Bensch me donnait. Il me soulageait de moi-même, et ça semblait lui procurer un plaisir infini. Parfois, quand je ne comprenais pas ses émotions, je lui faisais l'amour dans une tentative de communiquer avec lui, j'utilisais mon corps comme un moyen d'expression, et tous les deux on s'accouplait pour se parler, lentement, gravement, obscènement, et dans ces moments-là quelque chose en moi comprenait quelque chose en lui, fugacement.

Après l'accouchement, quelques jours après, à chaque fois, sous la douche en me savonnant, j'avais glissé une main entre mes cuisses et senti le vide, et vacillé, et senti après ce vide se refermer. À la naissance de Silvio, trois ans plus tôt, j'avais sérieusement pensé que j'allais mourir, mais j'avais âprement remonté la pente et à la fin je m'étais de nouveau tenue debout, j'avais rebondi comme un bon bol en pyrex, j'avais récupéré mon corps, je pouvais aller au restaurant tous les jours, et faire ce que je savais faire, et fuir ce qui m'échappait. C'était un nouveau restaurant, au début de ma grossesse j'avais entendu parler d'un lieu à louer dans le quartier, j'étais allée voir, c'était plus grand, plus beau, je l'avais loué, j'avais tout déménagé avec Marina, et c'était ce restaurant-là que j'avais appelé *Bensch*.

Là-bas, j'étais libre. Quand je pensais à mon dernier bébé loin de moi, mon chemisier se mouillait de lait, ça faisait mal et pourtant je savais au fond de moi qu'au restaurant j'étais au bon endroit, à l'endroit où c'était vivable. Je prenais les décisions, j'inventais des recettes, je riais au comptoir avec des clients, je me dépensais. Le soir je m'écroulais contre Bensch dans le lit, je lui disais *Merci pour les enfants*, et un jour il m'avait demandé, souriant, *Merci de te les avoir faits, ou merci de m'en occuper ? – Les deux*, j'avais murmuré en me mordant les lèvres.

Sur la route le matin je lisais les messages qu'Antonia m'envoyait de chez elle, quelque part vers la fin de la vingtaine elle avait arrêté de travailler pour s'occuper de ses enfants, et je l'imaginais charger des machines de linge, ramasser les jouets par terre, tandis qu'elle tapait frénétiquement *On dit que les gens ne changent pas mais c'est faux, ils changent, mais seulement très lentement, et pendant ce temps nous changeons nous aussi, alors ça ne tombe jamais juste, c'est infernal.*

Un jour, alors qu'on prenait le petit déjeuner dans notre appartement, Bensch avait dit d'un air rêveur que ce serait bien d'avoir un jardin dans lequel s'asseoir les soirs de chaleur. J'avais fait mes comptes et quelques jours plus tard je lui avais remis un petit papier sur lequel était inscrit un chiffre. Je lui avais dit *C'est ce qu'on a. Si tu veux, prends ça et va demander à un banquier ce qu'on peut emprunter*. Il avait fait des démarches, je l'avais vu regarder des annonces, il m'avait invitée à des visites, j'avais décliné avec des excuses variées. Il voyait des maisons seul, il me parlait des maisons qu'il avait vues, je l'écoutais d'une oreille, j'étais épuisée par mon travail, je n'arrivais pas à imaginer ce qu'il me décrivait, ça ne m'intéressait pas beaucoup, je faisais défiler les photos les yeux ensommeillés, je ne savais même pas quoi considérer, j'ignorais les mots-clés, les détails importants. Parfois j'avais envie de lui dire, *Tu sais, je n'habiterai pas vraiment là, je suis toujours dehors, je passe ma vie au restaurant, alors ça me touche moins que toi, cette histoire, forcément.* Mais finalement il m'avait supplié de venir voir une maison, une seule, et j'avais compris que c'était sérieux pour lui, alors je l'avais suivi, j'avais passé le portail donnant sur la rue, monté quelques marches jusqu'au perron, et dès que la porte s'était ouverte j'avais été d'accord. Tout m'avait plu, et il y avait un petit jardin touffu avec une cabane au fond. Bensch avait organisé le déménagement, j'avais simplement mis mes propres affaires dans des cartons à l'occasion, il avait dessiné des plans, fait garder les enfants, en trois jours la maison ressemblait à une maison, c'était devenu notre maison.

Les nuits du week-end, après la fermeture, épuisée, je rentrais dans mon foyer silencieux, je me servais un verre que je buvais allongée sur le canapé en velours, les pieds nus sur un accoudoir. Après, je montais me coucher, et parfois je réveillais Bensch et nous faisions l'amour. Quand il ne dormait pas, il posait son livre en me voyant, je m'asseyais au bout du lit et il prenait mes pieds dans ses mains pour les caresser. Je lui disais que je l'aimais, il me disait qu'il m'aimait lui aussi. Plus tard, au lit, il me racontait sa journée, et allongée dans ses bras j'écoutais le récit de tout ce qui s'était passé en mon absence :

– Ce matin, en faisant le lit de Livia, j'ai trouvé une rondelle de *porchetta* sous son oreiller. Quand je lui ai demandé une explication ce soir, elle m'a dit que c'était ta mère qui lui avait dit de faire ça, en cas de petit creux la nuit. J'ai pensé à en toucher un mot à Gina, mais à la réflexion, ça m'a paru une assez bonne stratégie. J'ai déposé les enfants en classe, j'ai répondu à des mails, et puis j'ai commencé à lire un livre extraordinaire, indescriptible, quand j'ai relevé la tête il était quatre heures et je suis parti en courant. J'ai ramené les gosses de l'école, j'ai réussi à les convaincre d'aller dans le Trastevere parce que je voulais passer à la librairie d'occasion, sur le chemin du retour on s'est arrêtés un peu jouer au parc mais le froid est venu avec la nuit qui tombait, alors on s'est dépêchés de rentrer à la maison. En traversant le pont Palatino, j'ai jeté un œil en bas, et j'ai vu plein de gros poissons grouiller, la tête hors de l'eau. Une vieille dame qui passait m'a expliqué que c'était parce qu'il n'avait pas assez plu, le fleuve manquait d'eau et n'était plus oxygéné, les poissons s'étouffaient sous l'eau. Je ne voulais pas que les enfants voient ça, j'ai accéléré le pas, on est rentrés, je leur ai donné un bain, j'ai préparé le dîner. Pendant qu'on mangeait, la radio parlait d'une famine qui arriverait tôt ou tard, et j'étais là à regarder nos enfants, et quand ils ont laissé des pâtes alphabet au bord de leur assiette, j'ai refusé d'essayer d'y déchiffrer un message, mais je les ai vidées dans la poubelle en me demandant *Est-ce que cette cuillerée nous manquera ? Ou celle-là ? Est-ce qu'un jour nous mangerons de la terre imbibée de pluie en repensant à ces petites bouchées gâchées ?* Mais ça semble impossible de se projeter. C'est bien le cœur du problème. J'ai donné deux bols de mascarpone aux grandes, et je suis allé coucher Silvio. Pendant que je restais à côté de lui à attendre qu'il s'endorme, j'ai repensé à la dernière fois où je suis allé avec les enfants chez mes parents, et comment j'attendais d'eux, les enfants, nos enfants, qu'ils me servent de bouclier, qu'ils me protègent de mes parents, qu'ils détournent leur attention de moi. Je voulais qu'ils fassent diversion, paratonnerre, et je me suis demandé pourquoi. J'aimerais bien savoir ce que tu en penses. Quand je suis redescendu dans le salon, les filles voulaient faire un jeu de société. J'ai renoncé à négocier, parce que je savais que ce serait comme essayer de repousser la mer à la main, j'ai sorti la boîte et on s'est installés, mais j'ai fait une partie lamentable, j'ai perdu tous mes lapins. Pour te dire, j'ai été éliminé faute de lapins. Les filles avaient de la peine pour moi, ça se voyait. Elles m'ont appelé *Petit Papa*, comme si j'étais en train de crever. Je suis content de te retrouver, tu sais. Tu vas me consoler, il murmurait en faisant glisser le bas de mon pyjama.

C'était la vie. À Noël, j'offrais à Bensch des chaussettes chaudes et je recevais une boîte de marrons glacés. Nous passions toujours le premier janvier dans une ville que nous ne connaissions pas, par principe, Sienne, Mantoue, La Spezia, et puis l'école reprenait, serviettes en éponge pour la cantine, compote, biscuits, factures, feuilles mortes, plombier, la vie cadencée. À l'aube bleue des oiseaux, Antonia me textotait pour me rappeler que *Les femmes que nous sommes, aucun petit goûter, aucun bouton-pression ne pourra nous plier, Ottavia, n'oublie pas, ne l'oublie jamais*, et je souriais en marchant mais la vie continuait, carnet de correspondance, aller chez le coiffeur, aller chez le dermatologue, téléphoner à mon père, acheter du levain, une assurance-vie, une lampe, des chaussures, les semaines se suivaient à toute allure, gommettes, journaux, imperméables, bronchiolite, bouquets de roses, renoncules, amaryllis. Les jours passaient et les mois, déjà c'était le printemps, l'été, les enfants à faire garder quand l'école fermait, le visage de ma mère au bout du chemin quand j'agitais la main après les avoir déposés. Réservations, météo, comptabilité, inquiétudes, soulagements, éternel recommencement. Au fond, l'équation était simple : le restaurant se portait bien – mais c'était du travail – or j'adorais le travail. L'été, la saison battait son plein, Bensch partait trois semaines avec les enfants dans la maison de ses parents au lac d'Albano, je restais à Rome, j'allais les voir tous les lundis, ils semblaient bronzer et grandir par à-coups, images d'eux saccadées comme des diapositives. Ils étaient heureux, j'étais occupée, tout le monde était content. Un soir, Marina était venue me chercher à la gare en vespa, j'avais acheté des cigarettes pour chacune de mes amies au tabac de la gare en l'attendant, elle était arrivée, on s'était embrassées avec le bonheur de se retrouver, et quand j'étais montée derrière elle j'avais pensé : *Ma vie est beaucoup mieux qu'à vingt ans*, et je l'avais dit à Marina et elle m'avait répondu en souriant *Évidemment*, et on avait filé rejoindre les autres.

Fin août, Bensch et les enfants revenaient à la maison, c'était la rentrée scolaire, c'était mon anniversaire, Bensch m'apportait le petit déjeuner au lit, les enfants m'offraient des dessins, des galets et des bonbons, et le soir, dans notre salon plongé dans le noir, trente ans, trente et un, trente-deux, trente-trois, quatre, cinq, six, sept, trente-huit ans, j'avais trente-huit ans, et je soufflais sur mon gâteau en voyant partout autour de moi les visages de mes amis éclairés par la flamme vacillante des bougies, et la vie me semblait belle. L'automne arrivait, c'était la saison des artichauts, la saison des murmures d'oiseaux tournant follement autour des arbres du Lungotevere, il faisait doux et pluvieux et les enfants repartaient à l'école en file indienne, et moi, *des spaghettis au miel et du pavot, peut-être des fleurs de géranium, des haricots noirs, de la glace pilée, des sardines, quelle beauté,* voilà à quoi je pensais tandis que mes enfants faisaient leur rentrée. Quand j'étais là j'étais tendre – je n'étais pas souvent là, j'ignorais comment faire autrement, quand j'étais là j'étais là vraiment, je me disais, mais ce n'était pas vrai, *ravioli, poutargue, romarin*, non, non, je ne me disais rien, *blé d'hiver et d'été, dormance des champs, tout un monde disparu, lait fermenté, homard bleu, carapaces et coquilles, la discorde, fille de la nuit, confiserie, miel d'altitude, marjolaine, sucre.* J'étais dépassée, c'était ce que j'attendais de la vie, d'une certaine façon. Parfois brusquement les enfants me manquaient et je décidais de quitter le restaurant plus tôt, je les cueillais dès que les grilles de l'école s'ouvraient, je courais presque, j'étais pleine de vie et d'amour, je les ramenais à la maison, nous faisions des gaufres, une *torta tenerina*, nous dessinions, nous jouions à être des ratons laveurs, des poneys, tout ce qu'ils voulaient, nous lisions des livres, nous dansions et c'était magique mais c'était rare, en vérité, parce que tout le temps j'étais occupée, je l'avais toujours été. J'aimais être débordée et j'aimais mes enfants et quand je me sentais coupable je me rassurais en me disant que je les éduquais comme ça, que mon absence serait une éducation pour eux comme l'avait été pour moi le jour où ma mère m'avait jeté sans pitié *Qu'est-ce que je t'ai donné? Je ne t'ai pas donné de livre de cuisine, Ottavia. C'est ça que je t'ai donné: de l'espace. Du champ. Une place pour toi.*

Mais qu'est-ce que ça voulait dire exactement? Est-ce qu'elle n'était pas parfois allée trop loin?

L'année de ses soixante et un ans, quand mon père lui avait demandé ce qu'elle voulait pour son anniversaire, elle avait répondu en le regardant dans les yeux *Un divorce*. Mon père nous avait appelées à la rescousse, et quand Matilda lui avait suggéré de s'installer simplement dans une de nos chambres désertées, elle l'avait dévisagée et lui avait dit *Merci, mais je ne veux plus faire de compromis. J'en ai fait suffisamment. Je les faisais pour vous. Vous êtes toutes les deux parties. Vous n'avez plus besoin de moi*. Sa mère venait de mourrir, et elle avait hérité de sa part de la ferme. Elle voulait un endroit à elle. Rien ne la ferait changer d'avis. Une heure après, j'avais regardé les larmes de Matilda tomber une à une dans son café tandis qu'elle me disait *Bien sûr que si, on a besoin d'elle. Putain, mais qu'est-ce qu'elle raconte ?* Le matin même, alors que je descendais la Via Panisperna jusqu'à mon restaurant, Antonia m'avait envoyé cette phrase dont je n'ai toujours pas fini de sonder la profondeur philosophique : *Plus tu vieillis, plus tu comprends que tout compte fait, ta mère n'était pas si folle que ça, non ?*

Ainsi, en une poignée d'années, tant de choses avaient changé, l'endroit que j'appelais ma maison et qui y vivait, mais une était demeurée presque immuable : Cassio Cesare. Il s'était passé trois ans de silence après notre rupture, il ne m'avait donné aucune nouvelle et je refusais de lui parler de toute façon. Et puis un jour il était revenu à Rome, nous nous étions croisés dans la rue, j'étais enceinte, nous nous étions salués timidement. *Qu'est-ce que tu as fait, en Sicile ? – Un autre genre de cuisine. Et toi ?*, il avait demandé en posant un doigt sur mon ventre. *Qu'est-ce que tu as fait ?*

Quelques mois plus tard, je l'avais recroisé dans l'Esquilino, il m'avait dit qu'il rouvrait un restaurant. Le lieu qu'il avait choisi était à quelques rues du mien, si bien qu'après mon accouchement nous avions rapidement établi de nous retrouver après la fermeture. Plusieurs fois par semaine, nous nous faufilions hors de nos cuisines respectives pour rejoindre le petit *aperitivo* où nous avions nos habitudes. Tacitement, nous émergions des vapeurs et des éclaboussures pour traverser les rues familières dans lesquelles nous avions tout vécu et marcher l'un jusqu'à l'autre. Assis côte à côte au bar, nous parlions la langue dense et poisseuse de la cuisine, une langue de saisons et de degrés, de violence et de subtilité, de précision et de profusion. Notre conversation était l'olive dans la caille dans le poulet dans le paon dans l'agneau dans le porc dans un plat pervers de la Renaissance. Ma main posée à quelques centimètres de la sienne sur le comptoir en lave d'un de nos repaires, je le regardais de profil. Il y avait des années que je l'avais rencontré, mais est-ce que je le connaissais vraiment ? Ce que je croyais avoir appris avec le temps, c'était que l'inimitié aussi liait les êtres humains, que la querelle était une corde tout autant solide que l'amour pour nous attacher les uns aux autres. Lorsque tout avait été pardonné, mais non oublié, demeurait cette intimité de la violence entre ceux qui l'avaient partagée et y avaient survécu. C'était ce qui nous rapprochait, Cassio et moi. Aussi tumultueux qu'ait été notre passé, nous l'avions vécu ensemble, il nous appartenait, et nous étions donc unis par notre discorde comme d'autres le sont par la passion. Même après notre réconciliation, quand il me parlait, parfois, je le voyais qui cherchait à m'écorcher, à me manipuler, mais j'avais combattu avec lui si souvent qu'une part de moi était heureuse de reprendre les armes, de lui montrer que je n'avais rien oublié de leur maniement. Ce n'était pas tant à lui personnellement que j'étais loyale, mon amour, au fond, allait à la fille que j'avais été à quinze ans.

Plus de vingt ans s'étaient écoulés et je rentrais le soir, comme un renard apprivoisé. J'avais encore du mal à y croire. Les nuits du week-end, j'enlevais mes chaussures devant la porte pour ne pas faire de bruit, je me brossais les dents face au miroir et je montais me coucher à petits pas, j'avais trente-huit ans, d'accord, mais à l'intérieur je n'étais que galop.

V

Un samedi soir au restaurant la cohue habituelle d'un samedi soir les pieds qui collent au sol le bruit des assiettes qui s'entrechoquent les flammes bleues les injures les métaux brûlants les gémissements de douleur les cris de colère les amandes concassées le bruissement furtif des petits papiers de commandes jetés après avoir été honorés oubliés immédiatement comme la sueur comme le sang perlant au bout des doigts et qu'on suce comme la peur de faire naufrage ce samedi soir par le passe-plat Marina qui crie *Ottavia il y a un client qui veut te voir*, et avant que j'aie le temps de répondre quoi que ce soit la porte qui s'ouvre et lui devant moi que je n'avais pas vu depuis combien de temps combien tout m'est revenu d'un coup comme si une vague de mer déferlait dans ma petite cuisine surchauffée ses épaules lui son accent lui le rhum le citron vert lui le sucre son ventre sa chaleur Clem j'ai soufflé *Oh je ne savais pas que tu étais là* il m'a répondu *Je ne savais pas que c'était ton restaurant, Ottavia*, et on s'est regardés pendant un temps qui m'a semblé infini et puis il a tendu une main vers moi j'ai cru qu'il allait me toucher alors tout mon corps a frissonné mais à quelques centimètres de moi ses doigts se sont arrêtés net et il a simplement retourné sa paume ouverte il a dit *En fait, j'étais venu rapporter ça* et j'ai vu briller quelque chose j'ai jeté un œil à ma main gauche mais je savais déjà que mon alliance n'était plus là *Merci* j'ai dit en cueillant la bague sur sa peau *J'ai dû la perdre en préparant la* focaccia. Je l'ai remise à mon doigt dans son silence je ne savais pas quoi dire dans son silence j'ai balbutié *Quelle coïncidence – Quelle coïncidence ?* il a demandé avant de faire demi-tour vers la salle.

À une heure du matin, quand j'étais sortie du restaurant, il m'attendait, appuyé contre un mur, une cigarette à la bouche. Il m'avait dit *Je peux t'offrir un verre, Ottavia ?* Je l'avais suivi dans la rue sans répondre. Une dizaine de minutes plus tard, dans un bar d'hôtel où je n'étais jamais allée, sur la Via Cavour, je le regardais écraser un citron au-dessus de son verre cannelé.

Nous avions parlé de Rome et de la douceur de l'automne. Nous avions parlé de comment il était arrivé dans mon restaurant par hasard, à la table d'un marchand d'art avec lequel il travaillait.

– Qu'est-ce que tu fais, comme métier ? j'avais demandé avec curiosité.

– Tu te rappelles que j'étais aux Beaux-Arts ?

– Oui.

– Mais je n’étais pas très bon.

Il avait ri.

– Ça, je ne te l’ai pas dit, à l’époque. Un jour, dans un cours de peinture, je me rappelle, c’était le printemps avant toi, il faisait chaud, je me suis arrêté de peindre pour boire à ma bouteille d’eau, et j’ai arpenté la pièce pour me dégourdir les jambes, et j’en ai profité pour regarder le travail des autres. J’ai posé les yeux sur la toile de la fille qui peignait à côté de moi. C’était, je me rappelle parfaitement, de l’abstrait à la Soulages, mais sur un format minuscule, une toile de la taille d’un livre de poche, bouleversante. La fille et la toile, je les ai regardées avec attention, avec admiration. J’ai pensé, *Elle est vraiment douée. Et elle a tellement de bonnes idées.* Je me suis rapproché de son voisin. Sur une base de collage qu’il avait couverte d’un vert translucide, il peignait des verbes. Le suivant travaillait à une réinterprétation de l’*Olympia* de Manet, difficile de dire exactement ce qu’il avait modifié, si on fermait les yeux et qu’on convoquait l’image du premier tableau, il était aussitôt recouvert par le sien, comme par un effet magique. J’ai bu une gorgée d’eau. J’ai continué de regarder les toiles des élèves, l'une après l'autre, jusqu'à revenir à la mienne. De toutes, c'était la seule qui ne montrait rien, qui échouait, qui n'était rien de plus que de la peinture sur une toile tendue. C'était la seule qui était sans vie, sans promesse, sans finesse.

– Alors tu as arrêté tes études?

– Oui, mais pas pour ça. Quelque temps après nous deux, il a fallu que je gagne de quoi vivre, alors j'ai trouvé un travail de déménageur. Petit à petit, toutes les traces de peinture sur mes doigts se sont effacées et ont été remplacées par des ampoules. La nuit, je dormais, épuisé, et la journée j'essayais de ne pas penser. Je ne savais plus qui j'étais, à ce moment-là, je crois. C'était tellement dur, je me rappelle avoir été parfois dans une cage d'escalier, les bras tendus sous un piano pendu à une corde, et me demander si au fond je n'étais pas uniquement gouverné par une pulsion de mort, si j'attendais imperturbablement un accident. J'étais malheureux et perdu. Tout me manquait, mais je n'avais pas le choix. Et puis, un jour, je suis allé travailler dans un appartement, et la première chose que j'ai vue, c'était une petite bibliothèque de Charlotte Perriand, qu'on avait étudiée en cours. Le client a remarqué que ça m'intéressait, nous avons parlé, il m'a donné sa carte. C'était un collectionneur, on s'est revus, j'ai commencé à travailler pour lui. Je suis devenu antiquaire. J'ai découvert qu'il n'y avait presque rien que j'aimais davantage que de me lever tôt pour aller chiner. J'aime les choses anciennes, les choses qui datent, les choses du passé.

Il me regardait. J'avais demandé :

– Où est-ce que tu habites ? Toujours à Paris ?

– Non, à Bruges. Mais je voyage souvent pour le travail.

Après, nous avions parlé de mon restaurant. Quand il avait voulu savoir si ça marchait, j'avais répondu que les restaurants n'étaient jamais des fleuves tranquilles, mais qu'on pouvait dire que ça se passait bien. Il avait demandé pourquoi l'endroit s'appelait *Bensch* et quand j'avais évoqué Arturo, il m'avait dit *Ah oui, c'est juste, tu as un mari désormais, je sais ça. J'ai vu ton alliance. Je l'ai mordue comme la poussière.*

J'avais ri. Je l'observais avec attention. Je trouvais qu'il n'avait pas beaucoup changé. La dernière fois que je l'avais vu, il portait un tee-shirt au lieu d'une chemise, mais le reste semblait inaltéré. Son visage.

Ses bras. Après un silence, il s'était penché vers moi, il avait dit :

– On parle, on parle, mais te rappelles-tu de mon nom ?

– Clem, j'avais dit sans hésitation.

Il avait souri. À son tour, il avait prononcé mon prénom. Il avait dit :

– Ottavia. Veux-tu un autre verre ?

Il avait fini son gin-tonic depuis un moment. J'avais acquiescé. Il avait fait signe au serveur, et quand celui-ci était revenu poser le plateau entre nous, il l'avait remercié, et il avait dit :

– Tu sais, je me rappelle t'avoir regardée à Rome et m'être dit *Cette fille est à Cassio ? Elle devrait plutôt être à moi*. Je voyais que tu l'aimais. Je voulais que tu m'aimes, moi. C'était limpide. Je me rappelle très bien. J'étais fou de jalousie. J'ignorais depuis combien de temps exactement ça durait entre vous, bien sûr, et je vivais dans un autre pays, mais je pensais que je pouvais faire le poids, je ne sais pas pourquoi. Le pire, c'est que j'aimais bien Cassio, et quand il nous a rejoints j'ai vu quel regard tu posais sur lui. Il semblait qu'il te rendait heureuse, contre toute attente. Il y avait quelque chose entre vous que je ne parvenais pas à saisir, quelque chose qui paraissait vous lier par-delà tout le reste. Vous n'aviez pas vraiment l'air d'un couple, et pourtant, si vous n'étiez pas ensemble, personne n'était ensemble. Lui, il ne te regardait presque jamais, il ne parlait jamais de toi quand tu n'étais pas là, ça me donnait envie de crier *Mais comment peux-tu lever les yeux de cette fille, comment peux-tu penser à autre chose quand elle n'est pas là ?* Tu sais quoi, même maintenant, là, à cet instant, je ne peux pas me lever pour sortir fumer, je suis trop nerveux, j'ai peur que quelqu'un te séduise au bar le temps que je revienne, j'ai peur que tu partes avec un autre homme.

– Je suis *mariée* avec un autre homme, Clem, j'avais répondu.

Il m'avait dévisagée. Il avait repris :

– J'avais compris que ça allait mal entre vous, j'ai voulu en profiter pour te séduire. Le soir, à la fête, il a dit quelque chose, quelque chose à propos de l'amour, et tu as eu un mouvement de colère, si vif qu'il était presque imperceptible, mais j'étais certain de l'avoir capté. Je t'ai vue dans le jardin, aussi, après, quand tu m'as regardé. Je me suis dit qu'il y avait peut-être une faille, et c'était mon seul espoir. C'est pour ça que je suis venu. J'ai pensé que c'était ma seule chance, j'ai laissé les autres dans la maison, j'ai dit que je sortais fumer une cigarette. Je ne savais pas comment te dire que je voulais te revoir, que je ne voulais pas que ma vie continue sans toi. Ça semblait une chose imbécile à dire à la femme de quelqu'un d'autre, mais je ne voyais pas comment faire autrement. Tu étais tout ce que je voulais. Dans les tréfonds de mon âme, je savais que tu étais à moi. Il fallait que j'aille te chercher où tu étais. J'essayais de me raisonner, je me disais, *Tu l'as vue quarante minutes, et elle est à Cassio, oublie-la, ne va pas mettre le chaos dans la vie de cette fille, laisse-la*. Mais le soir, quand j'ai vu la brèche entre vous deux, j'ai tout oublié, et j'ai couru comme un dératé pour te voir, pour te parler dans le jardin avant que tu partes.

De nouveau, son verre était vide. Il avait recommandé une tournée. Sa voix était devenue plus basse, presque rocailleuse :

– Bon sang, on était tellement jeunes. Tu te rappelles, après ? Chez moi à Paris. Tu m'avais écrit que tu viendrais mais je n'y croyais pas, et puis un jour tu m'as téléphoné pour me dire que tu étais arrivée, et je me suis mis à trembler, de peur de te décevoir, de peur de tout briser, de tout rater. Mais j'ai compris aussi qu'il était trop tard pour penser à ça. Tu étais à Paris. Tu étais venue, même si je n'étais pas sûr de savoir vraiment pourquoi. Je t'ai donné le nom du métro le plus proche de chez moi, j'ai dit que j'avais besoin de marcher. Mensonge. Dès qu'on a raccroché, j'ai téléphoné à ma meilleure amie pour savoir si elle pouvait me donner de l'argent si je passais à son travail, pour pouvoir te sortir si tu avais envie. Quand je l'ai retrouvée sur le trottoir, elle m'a dit *Elle est venue?* Et j'ai hoché la tête sans un mot en empochant son cash. Tu n'as jamais su ça non plus, je crois.

– Non.

– Je suis reparti en courant. J'ai fumé des cigarettes à la chaîne sur le trottoir devant la bouche de métro, et puis soudain tu as émergé du souterrain, arrivant progressivement à ma hauteur sur l'escalator, et je n'avais fait que penser à toi depuis la dernière fois que je t'avais vue, je t'avais rêvée encore et encore, mais tu étais là et tu étais mieux que tout. Je t'ai amenée chez moi, j'ai ouvert la porte et quand j'ai vu mon appartement j'ai recommencé à m'inquiéter, j'ai pensé que ça n'allait pas te plaire, mais tu n'as trahi aucune émotion de ce genre, tu ne regardais pas autour de toi, tu me regardais moi, je me suis rappelé le regard bienveillant que tu posais sur Cassio, j'ai essayé de ne pas y penser, je t'ai demandé si tu voulais boire quelque chose, je t'ai servi du rosé pamplemousse, tout le monde buvait ça cette année-là, j'avais pensé que ça te plairait, j'en avais acheté sans y croire quelques jours plus tôt, incapable que j'étais de détacher les yeux du calendrier. Je voulais faire les choses bien avec toi, mais je savais que je n'étais personne, que je n'avais rien, et maintenant que tu étais là devant moi, si petite, si calme, je me demandais comment j'avais pu penser un seul instant que j'étais capable d'être avec toi, que je serais capable de passer plusieurs heures avec toi sans tomber dans les pommes. Mais tu t'es assise en tailleur sur mon balcon, tu as bu le verre que je t'ai tendu, tu as fumé des cigarettes. Tu parlais, tu n'arrêtais pas de parler, je commençais à me détendre, tu avais l'air contente d'être là, mais je ne savais pas, je te regardais dans la lumière oblique de l'automne, j'observais toutes les petites choses qui étaient toi, je ne réussissais pas à comprendre ce qui me saisissait comme ça, tu étais un miracle, posée sur mon balcon, soudain là, soudain arrivée jusqu'à moi. Tu te rappelles, après? Je t'ai préparé une salade et je t'ai proposé de manger, tu picorais, je me disais que j'étais un débile léger d'avoir pensé que c'était une bonne idée de donner à manger à une cuisinière, alors je t'ai proposé d'aller boire un verre dehors. Je t'ai emmenée dans le bar le plus chic du quartier, un endroit hors de prix que je ne pouvais pas me permettre habituellement, inexplicablement vide ce soir-là. Chacun d'un côté d'une table avec nos verres, tu parlais, parlais, l'alcool a commencé à faire son effet et moi à me détendre, tu étais là, tu étais venue, tu étais merveilleuse, tu ne regardais jamais ta montre, tu n'avais pas de montre, tu avais une chemise en soie blanche et les yeux très noirs, tu t'agitais, tu parlais vite, je ne comprenais rien, je comprenais tout, c'était comme à Rome la première fois, je te regardais et tout mon corps disait *Elle est faite pour moi. Elle est pour moi. Et je suis pour elle. C'est comme ça.* Je me suis penché en avant. Je t'ai embrassée. Tu as ouvert la bouche sous la mienne. Je me suis dit *Bordel. Bordel bordel bordel.* Je t'ai embrassée par-dessus la table, jusqu'à ce que j'aie du mal à me tenir, et alors j'ai dit *Veux-tu qu'on rentre à la maison ?* Quand j'ai dit ça, tu n'as pas ri, tu n'as pas dit *C'est ta maison, pas la mienne*. Tu as dit *Perfetto*, et tu as enfilé ton manteau. Sur le chemin du retour, j'ai posé ma main sur ton épaule, et je l'ai regardée toute la route, ma main posée sur toi, ma main qui te touchait enfin. Je n'avais jamais vraiment été tout seul avec une fille à cette époque-là, tu sais, j'étais un très jeune homme, je sortais en groupe, parfois en fin de soirée je rentrais avec quelqu'un, je ratais tout, et le lendemain je cherchais des façons malines de me faire pardonner mon ébriété, ma timidité. Mais toi, tu es simplement venue, et tout était simple. Rentrés à l'appartement, tu as retiré tes chaussures, tu t'es allongée à côté de moi dans le lit. Tu ne disais rien, mais au bout de quelques minutes on a commencé à s'embrasser. Tu as fait passer ta chemise par-dessus tes épaules, j'ai ressenti un flash de bonheur et de détresse, comment j'allais faire ça, comment j'allais m'en sortir avec toi, Ottavia. Et puis tu t'es mise à bouger, comme je n'avais jamais vu personne bouger, tu avançais doucement et en même temps tu faisais de grands pas, tu savais exactement ce que tu voulais et pourtant tu cherchais de toutes tes forces à savoir ce que moi, je voulais, et mes mains, qui ne m'obéissaient jamais ni ne m'avaient jamais obéi, mes mains qui écrivaient des lettres illisibles, qui laissaient tomber toutes les tasses à café, qui se coinçaient dans les portes, mes mains se sont brusquement déliées, elles savaient exactement ce qu'il convenait de faire maintenant, elles savaient tout, elles se tendaient vers toi, éperdues de désir.

Dans mes paumes, ta peau était de l'eau, du sable, la glaise de mes cours de sculpture. Ce soir-là, je me rappelle, je t'ai prise dans le silence de la nuit qui était d'abord ton silence, et j'ai essayé de construire une cabane avec ton corps et le mien, geste après geste comme pierre sur pierre, gestes confus puis de moins en moins confus, et dans cet abri tu ne me quittais pas des yeux. Je n'avais jamais vécu quelque chose comme ça. Tu me faisais un peu peur, tu comprends ? Parce que c'était tout ce que je voulais, mais j'ignorais comment te le dire. C'était il y a si longtemps. Veux-tu boire un shooter ? Buvons un shooter de quelque chose.

Nous avions mordu dans un citron vert, léché du sel sur nos mains et bu un shooter de tequila chacun, tête renversée en arrière, puis Clem avait dit :

– Tu te demandes pourquoi je ne t'ai pas appelée. Mais comprends-moi. Ça fait des années que je veux te dire ça. Je ne savais pas quel était le bon moment pour appeler – au bout de deux jours ? Quatre ? Est-ce que tu allais penser que j'étais un crève-la-faim si je t'appelais trop tôt ? Mais j'étais un crève-la-faim, je le savais trop bien, et je ne voulais surtout pas que toi tu le saches. Je tournais autour du téléphone toute la journée, et un jour, il a sonné. Je me suis jeté dessus. C'était ma mère qui appelait de Turin pour dire que mon père était tombé du toit en réparant l'antenne télé et qu'il était dans le coma. J'ai fait mes bagages et j'ai pris le train une heure plus tard. Quoi te dire? Tout s'est passé à la fois très vite et très lentement. Quand je suis arrivé, mon père était encore vivant. Ma mère était alcoolique, et je devais la conduire à l'hôpital une fois par jour parce qu'ils vivaient dans la campagne profonde, et l'aller-retour prenait trois ou quatre heures. Quand on rentrait, je m'écroulais épuisé. Quand je me réveillais, dès qu'elle me trouvait, ma mère me parlait sans s'arrêter. Et elle disait absolument n'importe quoi. Mes sœurs sont arrivées, les unes après les autres, et d'autres membres de ma famille, des oncles, des cousins, je ne sais pas, je ne les connaissais pas tous. J'ai fait des lits, je suis allé chercher des chaises supplémentaires et des serviettes de bain au grenier, j'ai parlé au téléphone avec les médecins, j'ai cuisiné pour tout ce petit monde. Le matin, je me levais à sept heures pour aller faire les courses au supermarché, j'achetais du pain de mie, du beurre, de la confiture, du café, du chocolat, du jus de fruits, du riz, du poulet, et avant que je parte chaque membre de la famille venait me parler en privé pour me réclamer quelque chose de spécial, du fil dentaire, du muesli, des cotons, mais surtout de l'alcool, et quand je naviguais dans les allées du mégastore, je sentais le poids de cet alcool dans le caddie. À chaque fois, je me demandais s'il était inférieur ou supérieur au poids de mon père – du corps de mon père, dont il devenait plus clair jour après jour que bientôt nous devrions en disposer. Dehors, il faisait encore nuit. Je roulais jusqu'à la maison maudite où j'avais grandi, je rangeais les courses, je vérifiais que le bac à glaçons était plein, je mettais la table pour le petit déjeuner, je me préparais un café, je sortais fumer une cigarette sur le porche, et alors, oui, je pensais à toi, à toi seulement, Ottavia, mais je ne pouvais pas te téléphoner. C'était absolument compliqué. Je me rappelais que tu avais dit que tu resterais à Paris plusieurs mois, je me raccrochais à ça, je me disais que je t'expliquerais quand on se verrait. En vrai, j'avais quatre secondes par jour pour penser à ça, pour me connecter à toi. L'instant d'après, la cuisine était pleine, une douzaine de personnes s'agitant hystériquement, des gens qui ne s'entendaient pas et ne s'entendraient jamais, et la journée commençait. J'accompagnais ma mère à l'hôpital, et mon père était là, le visage défiguré, la mâchoire brisée, parce qu'en traversant le toit du garage où se trouvait l'antenne il était tombé sur un objet très étrange, très particulier : une dent d'espadon que son père avait fait enchâsser dans un socle verni en bois pour la lui offrir pour son sixième anniversaire, un demi-siècle plus tôt. Des années après la mort du poisson auquel elle appartenait de droit, la dent avait percé l'œil droit de mon père, une partie de sa cloison nasale, et s'était arrêtée dans sa bouche. Il était encore vivant, mais il n'était plus conscient, *et heureusement*, disaient les infirmières. C'était surtout l'état de son visage qui préoccupait les médecins. Au bout d'un moment, j'ai compris la question qu'ils se posaient : il vivra peut-être, mais *comment* ? La plaie était irréparable, en réalité. Trop de tissu avait été endommagé. Réparer un visage déchiré est une chose envisageable, mais encore complexe, et d'une issue particulièrement précaire. Jour après jour, nous allions voir mon père, son visage sous un bandage qui ne cachait que partiellement le désastre. Je me rappelle le sang, je me rappelle l'odeur, mon père dans un pyjama d'hôpital avec un tube même dans la bouche, la bave sur son menton qu'on tamponne, ses mains que je n'avais pas regardées avec attention depuis des années, et qui me semblaient maintenant si vieilles, portant encore la tache de la nicotine, deux semaines après l'accident. C'était un homme en mauvaise santé depuis des années. Il était probablement ivre quand il était monté sur le toit. Il n'aurait jamais dû faire ça. Un jour, dans la voiture en sortant de l'hôpital, j'ai pleuré sans pouvoir m'arrêter, en pensant à ce qui s'était passé et à notre impuissance depuis si longtemps. Assise à côté de moi sur le siège passager, ma mère a posé sa main sur la mienne en chuchotant mon prénom. Quand je me suis calmé, elle a pris sa flasque dans son sac à main et me l'a tendue. C'était ma mère, putain.

Clem avait fait signe au serveur. Nous étions restés silencieux le temps que les verres arrivent. Il avait bu le sien, et immédiatement levé le doigt pour redoubler sa commande, mais il tenait bien l'alcool, je me souvenais de ça, je n'étais pas inquiète. Devant moi les verres pleins s'amoncelaient. Il avait dit :

– Trois semaines. Quatre. Cinq. Je venais tous les jours, toutes les nuits à la fin. À un moment, son œil valide s'est ouvert dans le noir, et il m'a regardé, plein de panique. Il est mort quelques heures plus tard. Je l'ai serré dans mes bras quand je l'ai découvert. J'étais tellement soulagé. Mais après, il a fallu organiser la cérémonie, appeler les pompes funèbres et les notaires, préparer un buffet de sandwiches, puis mes sœurs sont reparties et je suis resté avec ma mère pour tenter de la remettre vaguement sur les rails. La journée, je ne la quittais pas des yeux, j'étais comme un espion dans la maison, et à cinq heures trente, je lui accordais un unique martini. Et puis c'était tellement ennuyeux, d'être là, j'étais tellement épuisé de tout ça que je flanchais. J'acceptais une partie de Trivial Pursuit, et je jouais et je buvais avec elle devant la cheminée, sans rien dire, jusqu'aux petites heures du matin. Dans ces moments-là aussi, parfois, je pensais à toi. Je me disais que j'allais bientôt rentrer, que j'y étais presque. Que bientôt tout irait bien. Finalement, un jour, je me suis décidé à prendre un billet de retour. Ma carte a été refusée par la plateforme de paiement. Crédit insuffisant. J'ai demandé à ma mère de me prêter la sienne, et c'est là qu'elle m'a dit qu'ils n'avaient plus d'argent. Ils n'avaient jamais été bons gestionnaires, elle ne travaillait pas et lui seulement par à-coups, ils dépensaient plus que ce qu'ils gagnaient, c'était d'ailleurs l'explication de l'accident, la dent n'aurait jamais dû se trouver à cet endroit, ils avaient toujours pensé à raison qu'elle était diaboliquement tranchante, c'est pour ça qu'ils l'avaient toujours soigneusement laissée à la porte de leur foyer, mais mon père l'avait sortie dans l'espoir de la vendre au vide-maison du quartier prévu quelques jours plus tard, et s'il était monté sur le toit lui-même, c'était parce qu'ils n'avaient pas non plus de quoi appeler un réparateur. J'ai téléphoné à mes sœurs, elles ne savaient rien, ont-elles prétendu, et elles n'avaient pas d'argent à me prêter. Finalement, j'ai supplié une voisine de m'aider, et elle l'a fait, et j'ai réussi à rentrer à Paris. À la gare, la première chose que j'ai vue, c'est un panneau avec la date du jour. J'avais toujours pensé que je t'appellerais dès que je poserais le pied à Paris, mais à ce moment-là la peur m'est tombée dessus, quand j'ai compris combien de temps s'était écoulé. J'ai commencé à penser que je n'arriverais jamais à t'expliquer ça, que je n'arriverais jamais à le dire, de toute façon. Quand j'ai tout raconté à ma meilleure amie, elle m'a agoni d'injures. Elle m'a dit que j'étais le gars le plus con du monde. Que ce n'était pas possible, d'être aussi con. Elle m'a dit de te rappeler. Elle est venue habiter avec moi à ce moment-là, pour m'aider avec le loyer, et pendant des mois, tous les jours, avant de me dire bonjour elle m'a dit ça. Elle prenait mon téléphone et me le collait à l'oreille pour que je t'appelle. Mais chaque jour qui passait j'avais un peu plus peur de t'appeler et de devoir admettre que j'avais hésité tout ce temps, j'avais eu peur si longtemps, je n'arrivais pas à te dire ça. Je ne pouvais pas. J'avais tellement honte. De ce que j'avais fait, et de ma grande pauvreté. Qu'est-ce que j'allais pouvoir t'offrir, comme ça ? Pas un saut à la mer, pas une entrée au musée, un verre peut-être, mais pas deux. Tu avais déjà tellement de choses de ton côté. Ton père, Cassio. Leurs restaurants. Tes amis, ton travail, ta famille. Ta sœur. Ton pays. Et puis plus j'y pensais, plus mes sentiments pour toi me semblaient trop intenses pour oser t'en parler. Tomber amoureux de toi en un regard. Te voler à ton petit ami. Faire l'amour magique. Disparaître. Rien n'allait. Tout était fou. Jamais je ne pourrais te convaincre de mon amour sincère avec ça. J'ai passé beaucoup de temps à y penser, et ce temps est passé. Un jour, j'ai regardé le calendrier, et j'ai su que tu étais rentrée chez toi.

De nouveau un geste au barman. Quatre verres d'un coup sur la table – deux longs, deux shorts.

– Toi, pourquoi tu ne m'as pas rappelé ?

– Je n'ai pas osé.

– Tu crois que je n'étais pas timide, moi aussi ? Parce que je suis un garçon ? Ou quoi ? Mais toi, Ottavia. Tu n'as peur de rien.

– J'ai peur de plein de choses.

– Pourquoi est-ce que tu ne m'as pas appelé ? J'ai pensé que ça n'avait pas dû être si bien pour toi. Les filles rappellent en général, mais sans ça on ne sait jamais ce qu'elles pensent.

– Pas une fille aussi abîmée que moi à l'époque, j'avais murmuré.

– Qu'est-ce que tu dis ?

J'avais répété.

– Mais tu n'étais pas abîmée pour moi. Tu étais neuve et inimaginable et merveilleuse.

– Je ne savais pas ça. J'ai pensé que tu avais changé d'avis. J'ai pensé que tu avais voulu m'avoir seulement parce que j'étais avec Cassio, et qu'après ça, ça ne t'intéressait plus.

– Bordel. Qu'est-ce que tu as fait ?

– Après toi ?

– Oui.

J'avais haussé les épaules.

– Je suis restée à Paris. J'ai travaillé d'arrache-pied, je me suis efforcée d'apprendre quelque chose, à défaut de comprendre pourquoi tu ne voulais pas de moi. J'ai travaillé, travaillé, travaillé. À la fin de la journée, mes jambes étaient lourdes, mes mains étaient en sang, je me couchais à trois heures du matin et à sept heures j'étais déjà debout, j'arpentais la ville, j'avais rencontré la fille qui est mon associée aujourd'hui, je passais du temps avec elle. Je me suis formée, j'ai appris la cuisson des poulardes demi-deuil, j'ai appris à faire un croquant, un feuilleté, une brioche, j'ai appris le sucre filé et la julienne, j'ai appris à lever tous les poissons comestibles connus. J'ai beaucoup pleuré, j'ai beaucoup marché.

J'ai écrit des lettres et griffonné des recettes dans de petits carnets poisseux. Je suis allée dans les musées en espérant t'y croiser, mais ce n'est pas arrivé. Puis je suis rentrée à Rome, j'ai retrouvé Cassio à Fiumicino, je l'ai serré contre moi en me jurant de ne plus jamais m'éloigner de lui de plus d'un kilomètre, deux kilomètres, je ne sais pas, une distance que je pourrais parcourir à pied, en courant, à bout de souffle, s'il devait me manquer à nouveau.

– Mais ce n'est pas Cassio, ton alliance, pourtant, il avait redemandé comme s'il avait mal compris la première fois.

– Non, c'est vrai.

– J'aurais cru.

– Moi aussi.

Quelque chose en moi avait sursauté en m'entendant. Clem avait souri.

– Tu as des enfants ?

– Deux filles, un garçon.

– Ils te ressemblent ?

– Les yeux seulement. Et toi ?

– Une femme. Pas d'enfant.

Il avait commandé encore. Il m'avait chuchoté :

– J'ai pensé à toi toutes ces années, Ottavia.

Pas tout le temps, pas toutes les secondes, mais j'ai pensé à toi beaucoup. J'ai pensé à nous. Je pensais à ce que nous serions devenus.

Nous avions beaucoup bu. J'avais proposé de payer et de sortir, il s'était exécuté. Dehors, il nous avait allumé une cigarette chacun, et la jeunesse m'avait semblé soudain une terre aussi lointaine que l'enfance, un endroit où je ne pourrais jamais revenir, un État dont les frontières s'étaient refermées à mon insu. Tandis que nous marchions, je lui avais demandé, les yeux rivés au sol, incertaine :

– Qu'est-ce que tu es venu me dire exactement, Clem ?

Il s'était arrêté net. Il m'avait regardée en face, et puis il avait répondu :

– Simplement ça. Je n'ai jamais oublié, Ottavia. J'ai oublié pourquoi je me levais le matin, j'ai oublié mon enfance, j'ai oublié mes réserves, mes principes, j'ai tout oublié, je crois, sauf toi.

Moi non plus, je n'ai pas oublié, j'avais pensé en marchant en zigzag jusque chez moi après. Dans les premières semaines de notre histoire, Bensch m'avait demandé avec combien de garçons j'avais fait l'amour avant lui, et j'avais compté sur mes doigts pour le taquiner, Riccardo, mains immenses, John, étudiant Erasmus, Davide, bougies parfumées, etc. Mais le soir, en y repensant, je m'étais aperçue que je n'avais pas parlé de Clem. Depuis que c'était arrivé, je n'avais jamais raconté cette histoire à personne, parce que je ne parvenais pas à lui trouver une cohérence permettant d'en dégager un récit, d'agencer les différents fragments. Je me rappelais le regard qu'il m'avait jeté sous la lune, et les verres bus à Paris, son corps sous les draps, et puis son silence. J'avais un peu honte de ce qui s'était passé, parce que j'avais manifestement fait une erreur, mais je ne savais pas laquelle. Parfois dans mon lit le soir, j'essayais de mettre des mots sur tout ça, mais même pour moi, même en murmurant dans le théâtre secret de ma propre tête, je n'y arrivais pas. Qu'est-ce que ça signifiait? J'avais senti quelque chose entre nous dès que j'étais entrée dans la pièce, le premier jour, au Rosasharn, j'avais voulu dire *Il y a quelque chose ici que je connais, qui est à moi, qui est moi, qu'est-ce que c'est?* et bien sûr je n'avais rien dit. Après je m'étais demandé, est-ce que j'avais pu me tromper? Est-ce que j'avais pu ressentir ça, alors qu'en réalité il n'y avait rien? J'avais eu l'impression qu'il le sentait lui aussi, mais toutes ses actions après semblaient démontrer le contraire. Parfois, très rarement, quelque chose me le rappelait et je me demandais où il était, parce que brusquement il me manquait, et puis tout me revenait – Rome, Paris, quelques verres glacés, une seule nuit. Mais je n'avais encore jamais entendu sa version de l'histoire.

Quand j'étais enfin arrivée chez moi, il était deux heures cinquante. Bensch avait fait une insomnie et il regardait une série. En m'entendant rentrer, il avait tourné la tête et souri. Je m'étais appuyée contre le mur de l'entrée pour enlever mes chaussures, et il avait mis l'épisode sur pause pour me préparer une tisane dans la cuisine, la cuillère, ting-a-ling, comme la cloche d'une minuscule église, et pendant ce temps moi j'étais restée assise dans le noir face à une image de flammes dévorantes, comme une métaphore de l'enfer, sous laquelle clignotait un unique sous-titre anglais : *Nothing is more dangerous than a man who knows the past.*

VI

IV

Après avoir quitté mon père, cinq ans plus tôt, ma mère était partie s'installer dans la plaine du Pô. Un jour, pour la première fois, j'avais attaché les enfants dans la voiture pour aller la voir. Au cours des six heures de route, j'avais regardé défiler le paysage en me demandant naïvement pourquoi elle n'était pas plutôt retournée à Favale, qui était proche de Rome et où elle avait peut-être encore des connaissances et des souvenirs. Quand je lui avais posé la question à mon arrivée, elle m'avait répondu sans me regarder *Parce que rien ne pourrait me convaincre de reprendre la direction de mon enfance. Ça ne me rappelle rien ici. C'est très bien*.

Quand elle avait commencé à vivre seule, un des plus gros chocs avait été de découvrir qu'elle savait cuisiner. Je n'avais jamais envisagé ça. J'aurais imaginé qu'elle passerait ses journées au lit à bouquiner, une petite assiette de gâteaux à portée de main. Sans doute une cafetière électrique sur la table de chevet. Mais ce n'était pas du tout ce qui était arrivé : elle s'était mise à faire des *ragù* qu'elle congelait. Des conserves de langue. Des tortellinis tous les lundis. Elle avait noué des contacts dans la région – un homme lui livrait du poisson frais, un groupe de braconniers la ravitaillait en canard sauvage, quelqu'un lui apportait des avocats et des kumquats. Elle avait acheté un deuxième congélateur. Devant ma stupéfaction affichée, elle avait haussé les épaules une fois de plus et m'avait répondu :

– Évidemment que je sais cuisiner, Ottavia. Pour qui me prends-tu ? Mais je sais aussi qu'il ne faut jamais montrer l'étendue de ses compétences à un homme. Parce qu'il t'exploitera à l'infini et fera de toi sa servante, son outil. *Non serviam*, comme le diable.

Elle avait confectionné des gâteaux compliqués, des pavlovas, des fraisiers, des trucs subtils que je n'étais pas sûre de maîtriser, moi, une Selvaggio. Le jour où elle avait menacé notre père avec un rouleau à pâtisserie, je crois que c'était le seul souvenir que j'avais d'elle près d'un ustensile jusque-là. Toute mon enfance, elle m'avait nourrie de miettes arrachées à sa colère. Maintenant que cette femme vivait seule, elle faisait son propre ketchup. Du mérou aux olives. Du canard aux pêches. Des *wonton*. Un curry d'agneau. Des fajitas. Elle rayonnait littéralement en me disant :

– Ton père, il s'agrippe à la tradition parce qu'il n'a aucun intérêt à ce que les choses changent, parce que c'est un homme. C'est simple. Je m'étonne que tu ne l'aies pas compris plus tôt.

Après un instant de réflexion, elle avait ajouté :

– Qu'as-tu pensé qu'il se passait toutes ces années ? Pourquoi crois-tu que je sois partie ? Je ne sais pas si tu te poses la question, parce qu'à moi tu ne l'as jamais posée, mais pour ton information, votre père était un bon amant. C'était un compagnon captivant, il avait toujours quelque chose à me raconter, le soir, il était charismatique, il était drôle, il l'est toujours, et sans doute que je l'aime encore. Mais on ne peut pas donner son amour à quelqu'un qui nous prend tout le reste comme s'il nous faisait les poches. Ça n'est pas possible. J'aurais dû te dire ça avant. Fais-moi penser à le dire aussi à ta sœur si j'oublie. Depuis qu'il avait vendu le restaurant, il était là toute la journée, tous les jours, il ne sortait *jamais*, je n'étais plus jamais seule à la maison. C'est pour ça que je me suis acheté cet endroit. Votre père est charmant – mais la vie est courte. Les hommes, c'est bien pour avoir des enfants. Après, on a le droit de reprendre sa vie.

Quelques semaines après mes retrouvailles avec Clem, j'étais allée passer un week-end chez ma mère avec mes enfants. Toute la nuit allongée dans mon lit j'avais entendu ce qui ressemblait à des pleurs profonds, partout autour de la maison. Je n'avais pas pu fermer l'œil, parce que la tristesse contenue dans ces pleurs me gardait mystérieusement en alerte, sur le qui-vive. Le matin, les enfants jouaient dans le jardin et ma mère et moi buvions un café glacé quand je l'avais interrogée – Qu'est-ce qui pouvait faire ce bruit ? Elle avait haussé les épaules avec légèreté, elle m'avait dit :

– Oh, ce sont seulement les vaches. Les fermiers sont venus prendre leurs petits avant-hier, parce que c'est la saison, et depuis elles pleurent comme ça. Mais ça va leur passer, tu sais. Elles vont s'en remettre.

Et cette phrase avait pressé d'un doigt sur le bouton de ma rancune. J'avais ricané :

– Tu n'as pas de cœur, Maman.

Elle s'était redressée sur sa chaise.

– Tu entends ce que tu me dis, Ottavia ?

– Est-ce que toi, tu entends ce que tu dis ? Que les vaches pleurent leurs petits qu'on leur a arrachés, mais qu'elles s'en remettront.

La cuisine de ma mère dans sa nouvelle maison était pavée, basse de plafond, avec des poutres et des murs blancs. Près de la fenêtre au-dessus de l'évier, elle avait posé des petites poteries contenant des plantes, pilea, crassula, quelques herbes aromatiques. Au mur, elle avait encadré un portrait de son grand-père. De chaque côté de la hotte, il y avait des étagères ouvertes sur lesquelles elle avait disposé sa collection de porcelaines, flûtes à champagne, mugs laiteux. Elle avait repeint les murs en jaune, les meubles en gris. C'était très beau, et c'était dans ce décor qu'elle s'était levée, elle était allée jusqu'à l'évier boire un verre d'eau, elle avait appuyé ses poings fermés sur le plan de travail, dos à moi et elle m'avait demandé :

– Mais enfin est-ce que tu ne peux pas me traiter avec un peu de douceur ?

J'avais répondu entre mes dents :

– Mais je ne sais pas ce que c'est, parce que *jamais* tu ne m'as donné de la douceur, Maman. Comment veux-tu que je puisse t'en donner aujourd'hui ? Tu me trouves dure, mais je voudrais que tu te voies. Je suis ton enfant, je te rappelle. C'est toi qui m'as élevée. Tu n'aimes pas comment je suis ? Tu ne peux t'en prendre qu'à toi-même. Tu m'as tout appris.

– Alors tu aurais pu dire ça, plutôt ! avait fini par crier ma mère en faisant volte-face. Dis ça, Ottavia Selvaggio, Ottavia Bensch, qui que tu sois aujourd'hui. Dis que je t'ai tout appris. Parce que c'est vrai. Je t'ai rêvée. Je t'ai espérée. Je t'ai portée dans mon ventre. Je t'ai sacrifié des mois entiers de ma jeunesse. Je t'ai mise au monde au péril de ma vie. Quand tu es née, tout le monde a crié et ils t'ont emportée en courant, quelques secondes après ta naissance et j'étais seule dans une pièce froide, les jambes ouvertes. Personne ne m'a dit si tu allais bien, et je ne t'ai même pas vue avant quatre heures entières. Mais j'ai survécu à ça aussi. Rentrée à la maison, j'en ai fait trop, ma cicatrice s'est rouverte. Je t'ai allaitée, je t'ai bercée dans mes bras pour t'endormir, et je n'ai pas dormi toute la première année de ta vie, parce que tu étais un bébé insomniaque, mais j'ai continué de vivre avec toi, tu sais, je suis restée. Je t'ai habillée, je t'ai lavée, je t'ai soignée. Tu étais mon premier enfant, rappelle-toi, je t'ai emmenée partout avec moi, je te portais contre mon cœur, tu n'avais pas six semaines, nous marchions des heures ensemble et je te parlais, je te montrais toutes les rues de Rome, je disais leurs noms pour que tu puisses te repérer plus tard, retrouver ton chemin. Je ne t'ai pas dit que tu ne serais en sécurité qu'à l'intérieur d'une maison, parce que je ne le pensais pas. Je t'ai montré le monde et quelques façons de le parcourir. Je ne t'ai jamais dit que tu m'appartenais, que tu appartenais à qui que ce soit, à quoi que ce soit. Je t'ai montré des photos de baleines, des fleurs de pommier, j'ai essuyé tes larmes, je t'ai emmenée chez le médecin, je t'ai préparé du pop-corn, je t'ai cousu des habits de poupée, je t'ai appris à siffler, je t'ai construit des maisons de poupées, je t'ai coupé les cheveux, je t'ai fait des tresses et des macarons, j'ai fait tout ce que tu voulais, je t'ai laissée chanter à tue-tête dans la voiture, je t'ai laissée casser des objets que j'aimais alors que je savais que je devrais me retenir de pleurer après, je t'ai laissée libre, je t'ai laissé le choix, je t'ai donné de l'espace, je t'ai donné des livres, j'ai lu avec toi, je t'ai appris à faire tes lacets, je t'ai appris à te tenir droite, je t'ai appris à mettre des tampons, je t'ai laissée m'insulter à quatorze ans parce que tu grandissais. Je t'ai appris à tenir tête à ton père, à tous les hommes, à tout le monde. Ottavia, je t'ai tout appris. Alors qu'est-ce qui t'a manqué ? Qu'est-ce que je ne t'ai pas donné ? Dis-moi. Dis-moi de quoi tu parles maintenant.

Nous nous étions toisées. C'était terrible à admettre, mais j'avais envie de la gifler. À voix plus basse, je l'avais entendue murmurer :

– Je t'ai donné *toute la douceur que j'avais*. Ce n'est pas ma faute s'il n'y en avait pas beaucoup.

Et pour la première fois, j'avais douté de ma colère, douté de la légitimité de ma colère. Depuis ma naissance, je pensais que nous luttions à la loyale. Je pensais que j'avais mes raisons de lui en vouloir. Je pensais que j'avais raison, de manière générale. Quand je parlais d'elle, je disais toujours qu'elle était dure, qu'elle était exigeante, expéditive, intolérante, j'oubliais de parler de tout ce qu'elle était d'autre. J'étais incapable de la raconter comme elle avait été, assise sur le plan de travail, un livre à la main, désarmée, vulnérable, donc invincible. J'étais embarrassée de l'aimer si fort, alors je faisais des plaisanteries lorsque je venais à l'évoquer, comme si je la connaissais bien, comme si je possédais le sujet, alors que je ne pouvais même pas vraiment imaginer son enfance. La ferme, les animaux exigeants, les mains dans le sang, l'aube, la rosée, le manque d'intimité, les soies rêches des porcs sous les doigts, l'odeur de l'herbe coupée. Les conflits irrésolus avec ses frères et sœurs, son attachement féroce à cette terre perdue, sa mère fourbe, les promesses non tenues. Même à quatre-vingts ans, ma grand-mère était d'une méchanceté à couper le souffle. Je n'avais jamais entendu Gina en dire le moindre bien, et son père était mort quand elle était enfant, si bien que j'ignorais comment parler honorablement de ses parents – sans doute même que l'idée de le faire me semblait une chose humiliante, comme de dire des mots doux à ses enfants en public. Un jour, un adulte avait heurté Livia en ouvrant une porte, et je lui avais dit *C'est rien* avant de regarder mon enfant et de lui demander si elle avait mal. En voyant ma mère vieillir et en vieillissant moi-même, je me méfiais de l'immense dureté qui était la mienne par moments, ma certitude que j'étais invincible, parce que je pouvais me passer de presque tout. Elle avait fait ce qui était en son pouvoir pour me rendre solide, et elle devait avoir réussi au-delà de ses attentes, puisque j'osais maintenant lui parler si mal, à elle, ma mère, mon unique et fabuleuse mère. Elle ne pleurait pas quand on arrachait des enfants à leur mère. Elle savait de quoi elle parlait. Après tout, sa propre fille était devenue cuisinière.

Elle ne m'avait jamais vraiment pardonné d'être entrée en cuisine. Quand je voulais lui parler de ce qui m'occupait, je passais par la littérature qui était notre langue commune la plus sûre. Je ne savais pas si c'était ce qu'elle voulait, je ne savais pas si c'était ce dont elle avait besoin, mais j'avais pris cette habitude et je m'y tenais, et peut-être que c'était moi, au fond, que ça rassurait. Alors en enroulant les tortellinis autour de notre petit doigt, je parlais à ma mère d'une nouvelle de Roald Dahl dans laquelle un invité parie à son hôte qu'il sera capable d'identifier exactement la bouteille de vin qu'il s'apprête à lui servir. Le pari les engage tous les deux – si le premier devine correctement, il gagne le droit d'épouser la fille du second, s'il échoue, il doit lui céder sa maison londonienne et sa propriété de campagne. La fille et la mère de l'hôte sont horrifiées, elles le supplient de renoncer, mais lui est certain de la rareté de sa bouteille, et il accepte le pari. L'invité prend son temps et devine juste – le cépage, la propriété, l'année. Ses adversaires sont effondrés, quand soudain la femme de chambre fait son apparition, *deus ex machina* tenant dans ses mains une paire de lunettes. *C'est à vous, n'est-ce pas?* demande-t-elle à l'invité. – *Oui*, répond-il, *où les avez-vous trouvées? – Dans le bureau de Monsieur, où vous les avez oubliées quand vous êtes venu lire l'étiquette de la bouteille avant le dîner*. Ma mère riait, et en agitant son index elle disait avec un grand sérieux que la morale de l'histoire, si on regardait bien, c'était qu'un père ne doit pas penser qu'il lui appartient de *donner* sa fille.

Nous refaisions du café. À la radio, Andrea de Simone chantait *Immensità*, nous écossions des petits pois et j'égrenais pour ma mère mes dernières trouvailles culino-littéraires, littéraro-culinaires. Le cœur de Thomas Hardy stocké dans une boîte à biscuits le temps que sa seconde épouse s'accorde avec le notaire. Le cadavre de Tchekhov rapatrié en Sainte Russie dans un wagon à huîtres à cause de la chaleur. Les biscuits au lard et au sirop chez Faulkner, les huîtres, le poisson grillé, les haricots en boîte chez Hemingway. La tarte aux cerises que prépare une adolescente quelques heures avant d'être assassinée avec toute sa famille, chez Truman Capote. Les escargots dans *Le Baron perché* de Calvino. Avec audace, j'avais dit à ma mère que même Gertrude Stein faisait la cuisine, après tout. *C'était Alice B. Toklas qui faisait la cuisine*, avait répondu ma mère gravement, *et tu le sais aussi bien que moi. – Marguerite Duras a écrit un livre de recettes*, j'avais rétorqué. *Et Virginia Woolf faisait des tartes. – Peut-être*, avait admis ma mère en me regardant dans les yeux, *mais à ma connaissance, ce n'est pas pour ça qu'on se souvient d'elles*.

Quelques semaines plus tôt, en fumant une cigarette dans la cour du restaurant, j'avais pleuré toutes les larmes de mon corps en lisant un article dans lequel une jeune femme racontait comment, après la mort de sa mère, elle avait découvert que celle-ci apparaissait sur l'image que Google Street View avait enregistrée de leur maison familiale. Elle avait donc pris l'habitude d'aller consulter le site plusieurs fois par jour, pour zoomer sur la tache floue qui était sa mère. Elle disait qu'avant sa maladie elles n'étaient pas très proches. Elle avait succombé à une tumeur au cerveau qui lui avait fait perdre progressivement toutes ses fonctions – d'abord la marche, puis la parole, et enfin même l'écriture. La fille ne parvenait pas encore à regarder de vraies photos de sa mère, c'était trop douloureux. *En attendant de me sentir prête à vraiment accepter qu'elle soit à jamais hors de ma portée, je continuerai à lui rendre visite sur Google Street View, rassurée de voir qu'elle est toujours là, dans le jardin – exactement là où je l'ai laissée.* Sur la photo en ligne, sa mère n'est qu'une silhouette au gros grain qui porte une robe rouge, elle marche la tête baissée. Lorsque la fille venait lui rendre visite dans les derniers mois, elle la serrait de toutes ses forces dans ses bras osseux, murée dans le silence, et aujourd'hui la fille aurait tout donné pour savoir ce que sa mère essayait de lui dire, ce à quoi elle avait pensé exactement chaque fois qu'elle avait fait ça. Sur la photo, sa mère était accessible, pour la première fois. Inoffensive.

Ma mère était bien vivante, et je savais qu'après sa mort je devrais vivre avec toutes les questions que je ne lui aurais jamais posées, toutes les réponses que je n'avais pas comprises, et j'ignorais si j'y survivrais, je savais enfin que quand ça arriverait je ne pourrais m'en prendre qu'à moi-même. Qui était ma mère ? Qui avait-elle voulu être ? Qui étais-je, qui aurait-elle voulu que je sois ? Ce jour-là, quand je lui avais dit au revoir sur le perron, elle avait chuchoté à mon oreille :

– J'aime beaucoup comment tu es, Ottavia.

À la fin, la chanson d'Andrea de Simone dit : *Même ça, c'est l'immensité. Toute la réalité est immensité.*

VII

En janvier, Clem m'avait dit qu'il revenait à Rome quelques jours pour le travail. J'avais proposé d'aller le chercher à la gare. Noyée dans le flot des taxis sur le parvis de Termini, je lui avais fait un signe de la main, j'avais ouvert ma portière, il s'était assis à côté de moi, j'avais dit *Je voudrais te montrer quelque chose*. Il avait acquiescé. Nous étions sortis de la ville par l'autostrade. Via Maremmana Inferiore, j'avais pris les yeux fermés la sortie pour Tivoli. Nous avions gravi la colline. Clem, silencieux, regardait le relief par la fenêtre. À Favale, j'avais arrêté net la voiture dans un virage. J'étais sortie, il m'avait imitée. *Qu'est-ce qu'on regarde* ?, il avait demandé. – *Ça*, j'avais dit, en lui désignant la ferme délabrée devant laquelle je m'étais garée. – *C'était chez toi*, il avait dit. – *Oui*. *C'était la maison de ma grand-mère. La mère de ma mère. Je venais là tous les étés, quand j'étais petite.* Je voulais qu'il voie – qu'il voie d'où je venais. Je voulais éprouver son amour absolu et démesuré, je voulais lui montrer le dessous des cartes, quand il disait qu'il m'aimait, que j'étais son destin, je voulais être sûre qu'il saisissait ce qu'il y avait eu, cette maison à flanc de colline, rude, fendillée. Ma maison de famille, ce n'était pas une adorable bâtisse ancienne, pas du tout, c'était une ruine sans grâce, bloc de pauvreté dans le hameau, cheminée ligotée par le lierre. Clem et moi nous tenions devant, cigarettes allumées, en silence. Je comprenais à ce moment-là qu'il n'y avait presque rien à regarder, presque rien à raconter. De la rue, la façade était moins large que mon break, la façade de cette maison où avait grandi ma mère, où elle avait nourri les cochons avec passion, où j'avais été si heureuse moi-même, ce n'était plus rien aujourd'hui, tout avait périclité, et il y avait sans doute une leçon à en tirer. Parfois, quand j'avais le temps, je roulais seule jusqu'ici comme ce jour-là avec lui, je me garais exactement au même endroit, je buvais dans mon thermos et je regardais la maison. Je me demandais ce que Clem allait dire. Nous en savions si peu l'un sur l'autre, après tout.

Il était resté à fumer assis avec moi contre le capot. Avant de remonter dans la voiture, il avait ramassé un caillou par terre dans le chemin et il l'avait mis dans sa poche. En haut des collines, je m'étais garée près d'un champ, nous étions sortis, j'avais ouvert le panier que j'avais apporté, *focaccia* aux anchois et aux graines de sureau, poutargue, artichauts, nous avions mangé assis dans l'herbe, et puis nous nous étions allongés, j'avais posé ma tête sur son ventre, Clem avait refermé son bras. Sa main était sur ma manche, il touchait le tissu du bout des doigts. Il avait dit :

– À chaque fois que je te vois, je regarde chaque vêtement que tu portes et j'essaie d'imaginer comment ça serait de te l'enlever.

Il avait incliné la tête vers moi.

– Tu y penses, parfois ? Si tout avait tourné différemment. Si on avait été moins timides, si mon père n'avait pas eu son accident. Moi j'y pense tout le temps depuis que je t'ai retrouvée. J'aurais voulu faire tout ça avec toi.

– Peu de choses survivent à la vie commune. Tu le sais, Clem, non ? Ne remue pas le passé.

On devient amis, c'est la meilleure chose qui pouvait nous arriver.

– Je ne suis pas ton ami et je ne le serai jamais.

J'avais sursauté. Sur un fond de prairie fleurie, il souriait. Il avait ajouté :

– Je suis passionnément amoureux de toi, Ottavia. Je n'espère pas que tu m'embrasses un peu ivre un soir. Je n'espère pas te ramener à mon hôtel. Ça ne m'intéresse pas. Je ne veux pas te voler à la sauvette. Je veux que tu partes avec moi. C'était moi, ton destin. J'ai tout raté.

– Vraiment ? j'avais demandé.

– Vraiment. Tu me manques et je commence juste à comprendre à quel point.

Après, nous étions restés là sans plus rien dire jusqu'à ce qu'il soit l'heure de repartir. Je regardais le ciel au-dessus de ma tête. J'étais d'accord avec lui sur les faits, à ce détail près que pour moi ils étaient irréparables. Je me rappelais la sensation de sa main dans la mienne, autrefois, mais je savais que le toucher de nouveau ne changerait rien, n'étancherait aucune soif, me rendrait simplement plus mélancolique. Je l'avais déposé à son hôtel, je m'étais garée plus loin et j'avais marché. Avant de passer le seuil de ma maison, j'avais secoué la tête pour faire tomber les brins d'herbe de mes cheveux.

Les jours suivants, j'avais continué de faire la cuisine. Je m'étais occupée de mes enfants, j'avais téléphoné à ma mère, j'avais vu mes amies. Je m'étais surprise à repenser à comment ça avait été, autrefois, d'aller regarder les tableaux de nature morte dans les musées à Paris. À l'époque, j'avais pensé que c'était quelque chose qui ne me quitterait plus, que je ferais toute ma vie, et au contraire depuis tout ce temps c'était resté enfoui, je n'avais jamais trouvé quelqu'un à qui en parler, j'avais donné toute la place à la cuisine et à la vie réelle.

Quelques semaines après Favale, Clem m'avait envoyé le lien d'une vidéo. Je l'avais regardée seule au restaurant, tôt le matin, en hachant la sauge et le romarin pour les *polpette*. Le premier plan montrait l'artiste performeur italo-américain Vito

Acconci assis à son bureau, assez âgé, en train de lire une feuille manuscrite. De sa voix grave, il disait: *Un: Quelqu'un pour qui j'ai des sentiments ambigus, quelqu'un à qui je ne fais pas totalement confiance. Deux: Nous sommes ensemble sur la jetée.* Une photographie apparaissait, sur laquelle on voyait Acconci plus jeune, yeux bandés, cheveux au vent, et derrière lui un homme qui semblait lui tenir les mains dans le dos. Derrière eux, une eau sombre et menaçante, la rivière Hudson. La voix disait: *J'ai les yeux bandés, les oreilles bouchées, les mains liées derrière le dos. Je tourne quelques fois pour perdre l'orientation du sol.* Sur l'image suivante, les deux hommes étaient au bord de la jetée, et l'inconnu étendait ses bras autour de l'artiste sans qu'il soit absolument possible de déterminer s'il cherchait à le précipiter dans l'eau ou au contraire à le protéger d'une chute. La voix d'Acconci disait: *Je ne sais pas nager.*

J'avais regardé la vidéo une seconde fois, et puis j'avais calé le téléphone contre mon épaule pour appeler Clem en malaxant la viande, les œufs, le pain mouillé, le parmesan, la mortadelle émiettée. Quand il avait décroché, je lui avais décrit ce que j'étais en train de faire.

– Pas de menthe ? il avait demandé.

– Je mets de la sauge. Merci de m'avoir montré la vidéo. C'était très intéressant.

– Oui, n'est-ce pas ? Une métaphore de l'amour.

– Une métaphore de l'amour ? Qu'est-ce que tu veux dire ?

– Tu vois bien. C'est ce qu'il dit. *Nous sommes ensemble sur la jetée. Je ne sais pas nager.* Mets de la menthe dans ton truc.

– Laisse-moi tranquille.

– Mais ça se fait avec de la menthe, Ottavia. Même moi je sais ça.

– Ça se fait comme je veux. C'est moi la cheffe.

À l'autre bout du fil, je l'avais entendu sourire d'un sourire rayonnant.

– Voilà, je te retrouve, Ottavia, maintenant tu es vraiment toi.

– Qu'est-ce que tu veux dire ?

– Je ne sais pas. Et je ne sais pas pourquoi tu m'appelles. Mais le premier soir, je t'ai trouvée très douce, comme polie, et je t'aimais bien comme ça aussi, je me disais que c'était la nouvelle toi, que tu étais comme ça maintenant, comme quand tu m'as dit qu'on devenait amis. Et là, tu redeviens dure et orgueilleuse, tu redeviens toi, et j'aime ça. Aussi douloureux que ça soit, j'aime l'idée que tu n'aies pas changé.

Sur une intuition, j'avais dit :

– Tu m'as menti. Tu n'es pas arrivé chez moi par hasard. *Quelle coïncidence ?*, tu as dit. Tu viens souvent à Rome. Tu savais que c'était mon restaurant. Tout le monde sait que c'est mon restaurant.

– Ce que tu aimerais, ce dont tu rêves, c'est que je te dise d'un air coupable *Oh, tu as raison de dire que je ne pouvais pas l'ignorer. Ça faisait des années que j'avais commencé à voir ton visage apparaître dans des journaux que je lisais, rarement mais régulièrement, d'abord dans la salle d'attente du dentiste, puis dans les magazines d'aéroport, et finalement un jour dans mon quotidien préféré.* Tu aimerais que je te dise ça, mais ce n'est pas vrai. Si tu veux tout savoir, je t'ai vue en photo une seule fois, dans un article annonçant l'ouverture de ton deuxième restaurant. Depuis toutes ces années, je pensais à toi. Je suis content que tu ne puisses jamais savoir exactement combien de temps, parce que tu aurais pitié de moi. Et puis sans prévenir, ton image a surgi des pages que je feuilletais, et ton visage était toujours ton visage, ton visage que j'aimais, avec toujours cette expression qui n'est qu'à toi, qui était déjà toi autrefois. Dure et orgueilleuse. Inimitable. Peut-être que c'est ça que je venais chercher. J'ai ouvert le journal et je suis tombé nez à nez avec toi, et tes yeux semblaient me juger, s'étonner que j'aie pu être aussi stupide. La photographie me disait que tu n'avais pas changé, et je me demandais si moi, j'avais changé. Si maintenant j'en serais capable. Je ne savais pas ce que je voulais faire, ce que j'allais faire. L'idée de me tenir dans un endroit qui t'appartenait, d'être quelques heures à quelques pas de toi – c'était déjà immense. Je ne savais pas si j'allais oser te parler. Je me disais que je pouvais venir et m'asseoir comme un client ordinaire, espérer t'apercevoir furtivement par une porte battante, repartir comme j'étais venu, assuré que tout allait bien pour toi.

– Très bien. Tout allait très bien pour moi, jusque-là, j'avais dit avant de raccrocher, parce que j'allais me mettre à pleurer.

Dans les messages qu'il m'envoyait et auxquels je ne répondais jamais, il m'écrivait qu'il s'était trompé, et que toute sa vie en avait été bouleversée. Qu'il avait pensé que le désir passerait, que ce n'était pas arrivé. Quel poème disait *Cette fois – cette fois, ne me rate pas ?* Un homme du passé, c'était bien ça. C'était un homme surgi du passé venu me rechercher, riche de ses erreurs, pour m'apprendre quelque chose que j'ignorais. Il n'était pas venu apporter le chaos, plutôt son frère jumeau, le doute. Depuis tout ce temps, j'avais avancé droit, pagayant avec mes paumes en coupe, comme tout le monde. Je n'avais pas regardé exagérément derrière mon épaule. Mais voilà que le passé était revenu comme lui était revenu, surgissant par surprise, partie remise. Parfois je pensais à combien il semblait satisfait au fond que ça n'ait pas marché autrefois, parce que c'était encore vierge. Je me disais qu'il avait peut-être envie de reprendre sa vie à zéro. Je pensais à lui jeune, affamé de cigarettes, pauvre mais toujours courageux, traversant les drames comme des rivières, stoïque, je pensais à lui maintenant, laçant ses chaussures le matin, partant chiner, son thé au lait à la main. Je pensais à lui à la petite table du Rosasharn, me regardant en silence, je pensais à lui dans le jardin, je pouvais rejouer la scène des milliers de fois sans qu'elle ne se raye, sans qu'elle ne s'épuise, c'était toujours aussi incroyable. Je savais qu'une partie de moi était restée immobile, interdite, figée dans l'instant depuis le Rosasharn, le jardin, Paris, et l'avait attendu tout ce temps. Je me demandais comment j'allais faire face à ça, je me disais *Pagaye les mains en coupe, droit, tout droit,* mais c'était comme être dans un canoë qui s'approche rapidement d'une chute – courant irrésistible, aucune esquive. Au restaurant, je tranchais des pastèques à la chaîne avec le plus grand de mes couteaux, et je me sentais ruisseler dans la cuisine glacée, Marina juste derrière mon dos. Je pensais à Bensch corrigeant ses copies en pile dans son bureau, quand je disais de lui *C'est le père de mes enfants*, j'ignorais toujours si je l'ennoblissais ou si je le rabaissais, je pensais à nos enfants riant avec leurs amis dans une cour d'école, je me disais *Concentre-toi, Ottavia, c'est une pastèque*, je sentais mon corps debout dans la vie comme jamais auparavant, je sentais mes jambes tendues, muscles, tendons, sang, piliers de fontaine, colonnes corinthiennes, je pensais à Clem, je me disais *Sans doute qu'il réécrit l'histoire, que nous réécrivons l'histoire, nous faisons une histoire d'une anecdote*, je me disais *Il faut que je me calme*, sous mes mains la pastèque devenait de la compote, est-ce qu'on avait tous raté notre vie, ou seulement moi ? Est-ce que moi seule étais la source de tout ce chaos ? Qu'est-ce que je n'avais pas compris ? Un jour, Antonia m'avait texté *Parfois ils disent que le premier amour est le seul. Parfois ils disent qu'il est le dernier. Parfois ils disent qu'il contient tous les autres. Mais personne n'explique comment le reconnaître.* Sans cesser de tourner une spatule dans la crème onctueuse, j'imaginais la maison qu'on aurait eue ensemble, Clem et moi, si on s'était mieux compris. Je voyais des pièces blanches, presque vides, des étagères faites de caisses de bois débordant de livres, des petites plantes, une coupelle de porcelaine dans laquelle on laisserait nos clés en entrant. Il n'y avait pas d'enfants. J'imaginais mes robes noires pendues sagement à côté de ses chemises blanches, nos deux paires de chaussures garées comme des bateaux devant la porte d'entrée. Je me demandais si cette vie que j'avais manquée était davantage ma vie que celle que je vivais, si je m'étais déroutée, ou si le bon endroit était forcément celui où on se trouvait. Je tournais dans ma tête cette histoire qu'il me racontait, cette histoire terrible d'amour raté, et j'étais terrorisée comme si je perdais pied dans l'eau houleuse. Alors je retournais faire la cuisine, parce que d'une certaine façon c'était seulement dans le travail, dans le vertige du travail, que j'avais la certitude d'être moi, Ottavia. Je débordais d'émotions, mais je recherchais activement la sensation la plus froide, marbre, acier, peau sous la pluie, qui me traversait quand je faisais la cuisine, quand je lisais, quand je marchais seule dans la rue la tête haute, la tête vide.

VIII

Autrefois, j'allais presque tous les soirs retrouver Cassio pour un verre de milieu ou de fin de service, mais ces derniers temps j'avais perdu cette habitude. J'esquivais nos rendez-vous, je rangeais ma cuisine en écoutant de la musique, j'avais de plus en plus envie d'être seule. Parfois, vers une heure du matin, j'entendais frapper à la fenêtre, c'était Chiara qui sortait du théâtre où elle jouait Phèdre, cette saison-là. Je lui ouvrais la porte et elle entrait, encore saturée d'adrénaline, les cheveux en chignon, les joues balafrées de maquillage. J'adorais la voir comme ça – j'avais rencontré Chiara quand Anna était entrée à la maternelle dans la même classe que son fils Marino, c'était une maman elle aussi, et une actrice, et quand elle me laissait la voir comme ça, reine d'Athènes tout juste sortie de scène, je l'aimais de me donner à son insu une telle leçon. La voir me rappelait comment nous mettons toutes des costumes avant de les enlever pour en enfiler d'autres. Soir après soir, elle montait sur scène répéter les mêmes phrases dans le même ordre, des phrases très anciennes, et elle disait qu'à chaque fois elle les comprenait davantage, différemment, que la répétition produisait un sens nouveau. C'était un métier fatigant, ingrat, physique, et Chiara disait que c'était ça qui lui donnait la force d'endurer le reste, parce que sa carrière était si périlleuse qu'en comparaison la maternité était supportable. Le père de son fils l'avait quittée pendant son post-partum, et depuis elle se débrouillait entre les répétitions, les baby-sitters et quelques amants de passage. Dans nos vies, certains hommes étaient partis et avaient été remplacés, mais les femmes et les enfants demeuraient, comme le martelait Antonia avec défiance. *Est-ce que ça veut dire que les femmes ne peuvent pas partir?* je lui avais demandé un jour. – *Je ne crois pas. Je crois que c'est plutôt que ça n'a pas d'importance pour nous, on n'a pas besoin de fuir, on est là mais on est aussi toujours ailleurs, dans nos têtes.* Parfois, elle aussi marchait dans la nuit jusqu'à mon restaurant, après avoir couché ses enfants, débouché l'évier, couvert un gâteau de papier d'aluminium, elle enfilait un manteau de son mari sur son pyjama, un beau pyjama en shantung rouge brodé, et elle venait s'asseoir à côté de Chiara pour raconter sa journée. Je les regardais, l'héroïne tragique et la femme en pyjama, parlant avec agitation, souriantes, tactiles, et je me sentais chanceuse de connaître des filles comme ça. C'étaient les meilleurs soirs, quand Marina se joignait à nous, et alors ensemble nous téléphonions à Bea pour lui dire qu'il ne manquait qu'elle. Antonia et moi connaissions Bea depuis le lycée et nous ne nous étions jamais perdues de vue, elle regardait un film à côté de son mari endormi dans leur appartement à Piramide, elle s'habillait et elle sautait dans un taxi pour nous rejoindre, en arrivant elle disait *Vous êtes folles, on va être épuisées demain, qu'est-ce que vous êtes encore en train de manigancer?* Elle ne voulait rien boire, elle allaitait encore, je lui faisais une tisane, et nous étions là, toutes les cinq, en pleine nuit, à parler ensemble de tout ce pour quoi le temps manquait dans la journée. Antonia traversait une crise avec Leo, elle disait que vivre avec un homme était toujours une mauvaise affaire, au fond, et quand Marina avait demandé pourquoi, dans ce cas, on vivait tout de même avec eux, elle avait répondu que c'était sans doute parce qu'on les trouvait séduisants. *Ne parlez pas aussi mal des hommes !* protestait Bea. *Vous faites tout le temps ça. Après tout, ils ont leur place sur terre, eux aussi. Il faut juste qu'on découvre un moyen de vivre avec eux. Je vous rappelle que personnellement j'élève à présent deux petits garçons. Je n'ai pas envie qu'ils grandissent dans un monde où les filles parlent d'eux comme ça.* Antonia avait souri et dit : *D'accord, d'accord. Mais tu sais, le monde est en train de changer, c'est tangible. Hier, j'ai refusé un bonbon à Valdo, vous savez ce qu'il a fait ? Il a brandi les bras en l'air et il a dit d'un air désespéré : Les femmes ! Les femmes ! Mais pourquoi ce sont toujours les femmes qui décident ?* Chiara avait applaudi des deux mains. *Tu as fait du bon boulot, Tonia. Le gars pense qu'il vit dans un matriarcat. – C'est exactement ce que je me suis dit,* avait acquiescé Antonia avec satisfaction. *Et toi, alors, quoi de nouveau avec les garçons ? C'est toujours bien au lit ? – Mieux que grimper à la corde. Et pourtant dieu sait que grimper à la corde c'est sympa.*

Avec elles je me sentais en sécurité, comprise,

estimée. On partageait des sujets légers et d'autres profonds, et surtout on reprenait notre respiration dans la nuit, entre femmes on n'avait plus besoin de faire semblant, d'être attentives à ne pas froisser les hommes, on pouvait parler librement, décrire la vie exactement comme on la voyait. Parfois, en les regardant, j'essayais de me souvenir de comment on s'était rencontrées et fait confiance, mais c'était apparemment impossible. Qu'est-ce qu'on s'était dit, les premières fois ? Ça n'avait jamais eu la moindre importance. Un jour où je parlais d'elles à Bensch pour essayer de lui faire comprendre à quel point je les aimais, il m'avait dit, amusé *Leur point commun, si tu te poses la question, c'est qu'elles sont toutes très intenses.*

Clem m'avait envoyé une nouvelle vidéo. C'était une conversation entre la performeuse Marina Abramovic et son ancien partenaire de vie et de travail, Ulay. Pour la première fois en trente ans, ils acceptaient de parler de leur œuvre, de leur amour, du passé. Ils évoquaient notamment une pièce réalisée en 1980, dans laquelle Marina tenait un arc par sa poignée et Ulay la corde bandée et une flèche pointant directement vers la poitrine de Marina, tous deux penchés en arrière, en équilibre. Dans cet entretien tourné deux ans avant sa mort, Ulay expliquait leur intention : *Nous sommes tous les deux sagittaires, donc c'était évident qu'il fallait faire quelque chose avec un arc. Mais les gens m'ont demandé pourquoi la flèche était pointée sur le cœur de Marina et pas sur le mien. J'ai répondu : parce que son cœur est le mien.* Abramovic disait que son explication l'avait mise en colère sur le coup, et je pensais comprendre pourquoi. C'était magnifique de dire ça, mais à la fin, c'était quand même Abramovic qui avait été en danger de mort pendant quatre minutes trente, c'était elle qui avait été à sa merci, pas l'inverse, peu importe les explications qu'il pouvait donner. C'était un fait indiscutable. Il disait qu'ils avaient essayé de former un seul être, mais ce qu'on voyait, c'était un homme pointant une arme sur une femme, et la femme l'assistant dans cette agression, s'y soumettant publiquement. Pourtant, dans tous les passages où ils se parlaient face à face, j'étais frappée par l'attention qu'il lui accordait, il était extrêmement concentré sur ce qu'elle disait, il respectait sa pensée, c'était évident, et à ça on sentait combien ils s'étaient aimés, connus, compris. Quand ils parlaient de leurs bonnes années ensemble, à vivre dans un petit camion, à ne rien posséder, ils disaient tous les deux que ça avait été le meilleur moment de leur vie, la meilleure chose qui leur soit jamais arrivée, 1975-1980. Plus rien après n'avait été à la hauteur de ça. Ils expliquaient que leurs premières pièces avaient été très violentes, l'arc, la flèche, des gifles, leurs corps jetés l'un contre l'autre, mais que de façon intéressante c'était avec leur proposition la plus passive, rester assis face à face en silence et affamés, que l'agressivité était apparue dans leur couple, et avait commencé à le démanteler. Ils avaient senti que quelque chose se fendillait et ils n'avaient pas su le réparer. Ils parlaient de la douleur infinie qu'ils avaient chacun ressentie, et qui d'une certaine façon ne s'était plus jamais tue. Elle était serbe, lui allemand, en les écoutant parler je pensais au fait que toute leur vie ils s'étaient parlé dans ce *broken english* accentué que le sous-titrage automatique échouait totalement à décoder. Abramovic prenait la main d'Ulay dans les siennes pour lui parler du moment où il était venu s'asseoir en face d'elle au MoMA pendant une de ses performances, elle lui disait *You was not just another visitor. You was my life.*

En rentrant à pied après avoir regardé la vidéo, j'avais composé le numéro de Clem et d'une voix ferme j'avais dit à son répondeur : Arrête tes conneries Dis-moi la vérité Dis-moi que tu ne m'aurais pas rendue heureuse Dis-moi que tu n'aurais pas eu les épaules, que tu n'aurais pas eu la gentillesse, pas eu la patience, pas eu l'espace Dis-moi que tu sais au fond de toi que tu te serais lassé avant la fin Dis-moi que tu m'aurais abandonnée Dis-moi qu'on aurait vécu un an, deux ans, peut-être, mais que la troisième année nous n'aurions pas passé l'hiver, ou alors seulement dans la douleur et la tristesse Dis-moi que tu n'aurais pas supporté ma mère, ou pas supporté que je n'aime pas la tienne, dis-moi que tu te serais fatigué de moi très vite, qu'au fond tu n'aimes rien tant que traîner avec tes amis, avec d'autres hommes, la solitude, la nuit, la dureté, la boisson Dis-moi que c'est seulement dans les tout premiers temps d'une histoire que tu as envie de donner sans compter, quand ton désir n'est que bonté, que c'est presque cette bonté que ça déclenche chez toi qui te fait désirer Dis-moi que tu aurais fait le tour de tout ce qui est moi comme un coureur le tour d'une piste en un temps chronométré Dis-moi qu'après tu te serais arrêté, essoufflé, égaré, confus, fatigué Dis-moi que ça t'aurait amusé brièvement, mes horaires, mon odeur de cuisine, mon infatigabilité, et qu'après tu aurais voulu une autre fille, ni meilleure ni moins pire, mais un nouveau voyage, une autre histoire, parce que tu es un collectionneur Dis-moi que tu ne serais pas resté dans la salle de naissance Que tu aurais déserté Dis-moi tous les mauvais cafés que tu aurais bus au distributeur du rez-de-chaussée simplement pour ne pas m'écouter crier six heures d'affilée Dis-moi ta peur du sang Dis-moi le vertige et le regret soudain que tu aurais eu en me retrouvant allongée dans un lit de clinique avec un bébé Dis-moi ta mauvaise résistance aux nuits sans sommeil, ta nostalgie de la liberté, ta colère sourde contre moi de t'avoir fait ça Dis-moi que cette vie qu'on a eue séparément est la meilleure qu'on pouvait espérer Dis-moi que tu sais que c'était le bon choix Dis-moi que si c'était à refaire, tu espères tous les jours de ta vie qu'on referait exactement la même chose, Clem.

Et puis j'avais effacé le message.

Ce printemps-là, j'étais survoltée. Quand ma mère me reprochait de ne pas l'appeler assez souvent, je répondais entre mes dents *Maman, c'est simple, soit je travaille, soit je dors.* Je traînais au restaurant, insomniaque, à regarder des vidéos étranges. Je rentrais de plus en plus tard. Un soir, j'avais trouvé Bensch assis tout droit dans notre lit comme un juge. Quand il avait ouvert la bouche, j'avais senti dans sa voix le reproche me gifler d'une main carrée.

– Au cas où tu ne le saurais pas, il est quatre heures du matin, Ottavia. Les enfants t'ont réclamée toute la soirée. Tu manques à tout le monde.

– Je ne suis jamais là le soir.

– Tu n'es jamais là tout court.

Je m'étais frotté les yeux, et puis j'étais tout de suite montée sur mes grands chevaux. J'avais bu avec Marina et je disais n'importe quoi, mais Bensch était sobre et pensait tout ce qu'il disait.

– Je travaille.

– Moi aussi, je travaille, Ottavia. Tu penses peut-être que ce que je fais est moins intéressant, moins palpitant que ce que tu fais toi, mais c'est un métier aussi, c'est le mien. Est-ce que tu sais comment se passent mes journées ? Je me réveille dans le lit et souvent tu es déjà partie, je m'occupe des enfants, je chauffe le biberon de Silvio, je les habille, je les dépose à l'école et chez la nourrice, et puis je rentre à la maison préparer mes cours, je corrige des copies, je fais des recherches, et puis je pars en courant à l'université donner un cours, j'avale un café et un panini au bar pendant que sûrement au même moment toi tu voltiges dans ta cuisine, souveraine, et puis je range la maison, je passe l'éponge sur le plan de travail, je frotte l'évier, j'étends le linge, je le plie, je passe commande pour de nouveaux robinets, je téléphone au garage, je téléphone à ma mère, j'envoie des photos des enfants à la tienne, je fais les lits, je bois une tasse de thé en lisant quelques pages et c'est déjà l'heure d'aller chercher les enfants, je leur donne la main, je les porte sur mes épaules, je réponds à leurs questions, en rentrant je m'arrête faire des courses pour le dîner, je le prépare, je donne le bain, je les couche, ils me rappellent, ils se relèvent, et finalement vers neuf heures et demie si j'ai de la chance ils dorment, et alors je finis de ranger, je fais la vaisselle, je l'essuie avec un torchon que j'ai repassé quelques jours plus tôt, et puis je m'assois dans le salon avec un livre, et j'attends ton retour. Tu ne me dis presque jamais merci pour tout ce que je fais pour que cette maison tienne debout, tu ne vois pas l'infinité de choses qu'il faut accomplir pour que ça marche, pour que les enfants aient des chaussures et le ventre plein, pour que la maison soit propre, pour que nos lits soient faits. Tu dis simplement que tu travailles, que tu travailles, comme si c'était supérieur à tout, comme si tu étais plus importante parce que tu es occupée, comme s'il y avait de la grandeur à être débordée, comme si ça te dégageait de toute autre responsabilité. Mais tu ne t'occupes que de cuisine, Ottavia, mon amour. Même si tu le fais bien, ça reste un travail. Tu juges sévèrement les hommes de ta famille, mais tu ne fais pas beaucoup mieux, tu sais. Tu es meilleure cuisinière, peut-être, mais qu'est-ce que ça change, si tu ne parviens pas à être plus généreuse qu'eux, alors que c'est ce que tu prétends leur reprocher depuis que tu es petite? Tu passes à côté d'une partie de la vie, qui est ta vie avec nous. Je n'ai jamais pensé que ça se passerait comme ça. Parfois, ça me paraît terriblement injuste, parce qu'il me semble que ta vie merveilleuse ne tient que parce que je m'occupe de tout le reste en coulisses, et toi tu reçois les honneurs et moi je suis simplement ton mari universitaire. Je suis plus diplômé que toi, mais tout le monde s'en moque, et parfois ça me rend fou. À d'autres moments, je m'adoucis, je me dis que je devrais être plus solidaire, je me dis que je t'ai épousée de mon plein gré. Mais sérieusement: sans mon aide, tu n'y arriverais pas. Ta cuisine ne dit rien de nos bébés appelant leur mère débordée, elle n'a pas le goût de leurs larmes. À personne tu ne racontes les journées que j'ai passées à arpenter la maison en les portant dans mes bras parce que rien ne pouvait les calmer, tu n'étais pas là et j'étais de ton côté, je leur disais *shh shh, votre mère travaille, votre mère est une grande cuisinière.* À d'autres moments, je me suis demandé pourquoi tu avais accepté d'avoir nos enfants si tu désirais si peu passer du temps avec eux, si seule la cuisine avait du sens à tes yeux. Il y a très longtemps, j'ai pensé que la cuisine était une chose que tu faisais pour moi, maintenant j'ai compris que non, c'est plus profond encore, c'est entre toi et toi, et même ça, je l'ai accepté, Ottavia. Qu'est-ce que tu ne vois pas ? Je t'adore, mais objectivement, ce que je fais, vivre avec toi tous les jours, honnêtement – je pense que pas grand monde en serait capable.

Déjà, plus tôt dans notre vie, à certains moments, dans des disputes, parfois dans des moments plus doux, au lit ou quand on parlait tard le soir ensemble, je l'avais entendu me dire *Il n'y a pas beaucoup d'hommes qui pourraient vivre avec toi.* Est-ce que c'était de la fierté ou de la résignation, de la douleur, je m'étais posé la question. Quand Bensch me l'avait dit cette fois-là, dans notre dispute qui n'était pas encore une dispute, je m'étais demandé si la phrase avait une signification plus profonde que je ne le soupçonnais. Pour en avoir le cœur net, j'en avais parlé à Antonia. Elle m'avait répondu :

– Il t'a dit ça ? Mais ça n'a aucun sens. On a tous déjà vécu avec toi, ici. Cassio, d'une manière ou d'une autre, moi, Marina. Matilda. Bensch n'existait même pas encore, à cette époque-là, il n'était nulle part dans le paysage. Et ce n'est pas si compliqué. Je ne sais pas pourquoi il te voit comme ça. Pour qui il se prend ?

– C'est mon mari.

Antonia avait ri.

– Je comprends.

Souvent, j'espérais que les enfants tiennent de lui plutôt que de moi. Ils le suivaient partout comme trois canetons, ils l'imitaient, ils s'asseyaient comme lui avec un livre ouvert, et aucun d'eux ne me croyait quand je leur disais que je lisais moi aussi, parce que je ne le faisais plus qu'au restaurant pendant la coupure, ou la nuit, quand tout le monde était couché. Antonia m'avait dit *Pense à tout ce que tu as fait qu'ils ne verront jamais.* Anna et Livia savaient lire, mais Silvio pas encore, alors il se contentait de scruter les images en essayant de déchiffrer leur message. Le dimanche soir, quand c'était mon tour rituel de les coucher, il venait s'asseoir le cœur battant sur mes genoux avec une pile de bandes dessinées, mais je n'aimais pas la lecture saccadée des bulles et je le convainquais de lire autre chose. Un jour, de bonne humeur, je lui en avais pourtant lu une en entier, et quand j'avais fini je lui avais demandé s'il était content. Son regard posé sur moi était limpide, résigné. Il m'avait dit *Tu me lis toujours cette histoire-là, parce que c'est la plus petite de mon livre.*

Le matin, quand je les rejoignais au petit déjeuner, je levais les mains en l'air et je leur disais de ne pas me toucher, parce que j'étais habillée, propre, pourtant au restaurant je me laissais couvrir de taches sans protester. Je me rappelais la naissance de mes enfants, chacun d'entre eux, mais j'étais la fille de ma mère, j'étais la fille d'une femme qui n'avait pas fait semblant, qui avait fini par prendre la tangente. Je restais à distance des enfants, de la maison. Notre mère, elle avait été avec et sans nous. Je savais que je pouvais échouer aux yeux du monde, mais mon intention n'avait jamais été d'être impeccable, seulement d'être moi. Je savais pertinemment ce que j'aurais dû faire, et je pensais que j'aurais su le faire au moins aussi bien que Bensch, en vérité, mais je m'y refusais, parce que j'avais peur de devenir folle, de ce qui pouvait m'attendre de l'autre côté, et parce que je considérais que cette peur était légitime. Quand je me réveillais le matin, je craignais l'endroit où je me trouvais. J'avais peur de ce qui m'entourait – Bensch, les enfants, la maison. Je ne comprenais pas comment j'avais pu cesser de vivre avec Antonia, quitter Paris. Parfois, je partais toute la journée, je disais à Bensch que je travaillais mais c'était faux, l'après-midi, je confiais la surveillance de la cuisine à Marina et j'allais dans le Flaminio au musée d'Art moderne, le Maxxi, en plein après-midi, je déambulais dans les salles, le soir en rentrant je ne disais jamais que j'avais fait ça. Le dimanche soir, Bensch invitait des collègues et leurs femmes, des gens ouverts qu'il voulait me présenter, et moi je restais fermée, cachée dans ma cuisine comme une amande dans sa coque. Un soir, cette saison-là, essayant de calmer Livia excédée par quelque chose que je lui refusais, j'avais dit fermement *C'est comme ça, petite, il y a des choses qui ne sont pas possibles*. En entendant le son de ma voix, j'avais sursauté – en découvrant ce que je savais et que j'avais pourtant apparemment oublié pour mon propre compte. *Il y a des limites. Tu ne peux pas tout avoir. Ne dis pas que ce n'est pas juste, parce que c'est juste.*

La dernière fois que j'avais vu Clem, je lui avais confié machinalement que j'étais fatiguée par le restaurant, et il m'avait répondu *Tu sais, je gagne vraiment beaucoup d'argent. Si tu vivais avec moi, tu n'aurais pas besoin de travailler. Je te donnerais tout ce que tu veux, tu pourrais faire exactement ce que tu veux*. J'avais pensé que je n'arrivais pas à concevoir ce que j'aurais fait si le travail n'existait pas. Je m'étais demandé si j'avais jamais voulu autre chose que travailler. Je m'étais vue dans une robe de la meilleure soie, debout dans une cuisine néo-classique, sortant glorieusement un bar en croûte de sel du four, et immédiatement je m'étais dit *Mais qu'est-ce que c'est que cette idée de merde, mon dieu, quel enfer*. J'avais mis des années à l'admettre, mais ce que j'aimais le plus dans mon métier, c'était le risque, et il était devenu réel.

Parfois, devant une assiette, je perdais mes moyens, j'étais incapable de me rappeler comment j'avais fait jusque-là. Dans ma cuisine, comme dans ma vie, tout ce qui m'avait semblé évident si longtemps m'échappait soudain. Mes gestes manquaient d'adresse, et ça ne m'était jamais arrivé. Dans ces moments-là, j'étais littéralement *terrifiée*, comme quelqu'un qui aurait vu un fantôme à la place de son enfant. Je recommençais encore et encore sans succès, les légumes fondants se désagrégeaient entre mes doigts, les sauces refroidissaient, les fleurs comestibles se froissaient, mes mains se mettaient à trembler, j'avais peur qu'on me voie, qu'on me surprenne dans cette situation de totale impuissance, j'avais peur de me faire virer jusqu'à ce que je me rappelle que c'était *mon* restaurant, et je retrouvais un peu de confiance à cette idée, avant de me dire que c'était encore pire, si je possédais un restaurant et que je ne savais plus dresser une assiette, si je ne savais même plus comment concevoir une assiette, si je ne savais plus cuisiner, qu'est-ce que j'allais devenir, j'avais l'impression de couler à pic, ma tête bourdonnait, je tachycardais. Un jour où j'étais comme ça, Cassio m'avait appelée par hasard, et en voyant son prénom clignoter sur l'écran tout m'avait soudain paru évident. J'avais décroché, je lui avais dit *Viens, immédiatement, maintenant, s'il te plaît, viens*.

Il avait passé le seuil de la cuisine exactement sept minutes plus tard, le regard interrogateur. Je lui avais montré ma carte, mes ingrédients, mes herbes, mes fruits, aucun de nous n'avait rien dit, et il l'avait fait pour moi, comme il m'était arrivé de le faire pour lui des années auparavant, dans le même silence. J'étais tellement soulagée. Quand il avait eu fini, il s'était lavé les mains.

– Rappelle-toi de ne pas mettre le beurre de truffe trop tôt, sinon il se fige, mais ça devrait marcher. C'était ce que tu avais en tête ? Les ingrédients réunis m'ont fait penser que oui.

Il m'avait dévisagée.

– Je ne te pose pas la question. Je ne te demande pas ce qui t'arrive pour que je te retrouve dans cet état.

– Non.

– Bien. Alors si tu n'as plus besoin de moi, je vais aller faire la cuisine chez moi, maintenant. Passe boire un verre quand tu finis.

J'avais suivi les instructions de Cassio toute la soirée, j'avais tenu bon, mais après la fermeture j'avais esquivé son invitation en lui envoyant un message pour dire que je rentrais me coucher. Le lendemain, j'avais repris des forces, j'avais réussi à cuisiner, j'y étais parvenue plusieurs jours d'affilée, et puis de nouveau j'avais perdu mes moyens, et c'est comme ça que, cet automne, j'avais pris l'habitude d'appeler Cassio à la rescousse quand je ne m'en sortais plus. C'était arrivé deux, quatre, sept fois. Un soir, juste avant de partir, il m'avait dit :

– La dernière fois que je t'ai vue douter comme ça, Ottavia, tu n'étais même pas majeure. Plus jamais depuis je ne t'ai vue trembler. Pas quand tu m'as quitté. Pas quand tu as acheté le restaurant. Pas quand tu étais enceinte. Même pas deux heures avant d'accoucher. Tu ne vacilles jamais. Tu tiens toujours. C'est à la fois un défaut et une qualité, mais tu es la personne la plus solide que je connaisse.

J'étais fatiguée d'être tellement solide. La nuit, j'écoutais en boucle une vieille chanson des Beatles pour entendre encore et encore les deux mêmes phrases, *feel so suicidal, even hate my rock'n'roll.* Je continuais de faire la cuisine. Je parlais avec mes amies. Elles me protégeaient, me veillaient. C'était décembre et il neigeait, je lisais des histoires à mes enfants. Quand ils étaient couchés, Bensch venait derrière moi et passait sa main dans mes cheveux et il m'attirait lentement, sa main grande ouverte, pince de fête foraine, poigne, il me tirait délicatement, comme un cheval de prix, pour me mener jusqu'au lit, et il me prenait avec une précision, avec une grandeur que je ne lui connaissais pas, que je n'avais jusque-là vue chez personne. Il était décisionnaire, précis, les mâchoires serrées. Cet amour était quelque chose qu'il me faisait, pas quelque chose que nous faisions ensemble. C'était une déclaration d'intention. C'était une déclaration d'amour et une déclaration de guerre, évidemment. Parfois, en le regardant bouger au-dessus de moi, je me rappelais d'Antonia qui avait dit un jour, au milieu d'une conversation, *Oui, mais enfin, les filles, notre mari statistiquement c'est le gars le plus susceptible de nous tuer.* Je me répétais la phrase de ma mère – *La vie est courte*. Je me disais *Mais peux-tu te regarder en face?* Et dans le miroir de ma salle de bains, je cherchais dans mon regard une ruse que je ne parvenais pas à trouver. Cette semaine-là, un article a paru dans un magazine albanais, il y avait mon nom dans le titre, alors j'avais coincé un client pour qu'il me traduise. Il avait jeté un œil à mon écran et relevé la tête en souriant, il avait dit *C'est écrit: Ottavia Bensch prend tous les risques*, et après un moment il avait ajouté avec un clin d'œil sanguinaire, *Et ce sont les Albanais qui le disent, Signorina Selvaggio.*

À cette époque-là, dans ma confusion, dans ma tristesse, il y avait malgré tout ce bonheur de voir

Cassio me servir sans un mot, me porter à bout de bras. Je l'appelais, et quand il arrivait je me rappelais avec une précision inédite la vie que nous avions eue autrefois, et j'avais le vertige, je me demandais comment j'avais pu me séparer de lui, comment il se pouvait que nous ayons maintenant deux restaurants au lieu d'un seul. Parfois, je le rejoignais après le service comme avant, et c'était là qu'un jour on avait entendu un homme agité défendre devant d'autres l'idée que les adoptions ne se passaient jamais bien, que sa femme avait été adoptée et qu'elle était complètement fêlée, que ça lui avait fait plus de mal que de bien. J'avais entendu chacun de ses mots, j'avais regardé Cassio dans les yeux. Je l'avais vu se tourner doucement vers l'homme, et il lui avait dit :

– Je suis d'accord avec toi, mon ami, mais alors où iront les orphelins ?

L'homme avait sursauté et il s'était détourné comme s'il avait été brûlé. Derrière lui, j'avais remarqué un ivrogne qui ne nous avait pas quittés des yeux. Il m'avait rendu mon regard. Il était descendu de son tabouret, il s'était approché, il nous avait abordés :

– Oh, mais vous étiez ensemble tous les deux, je me trompe ?

– C'est vrai. Mais c'était il y a très longtemps.

– Vous aviez ce restaurant, là, avec un nom de fleur. Rosasharn.

– C'était son restaurant, j'avais dit.

– Je pensais qu'il était à vous deux.

– Moi aussi, avait dit Cassio.

– Et alors qu'est-ce qu'il s'est passé ?

– Tu m'enlèves les mots de la bouche, connard, avait répondu Cassio en éclatant de rire. Je vais lui demander. Pourquoi tu ne vas pas emmerder quelqu'un d'autre ?

L'homme s'était éloigné en ricanant. Cassio s'était tourné vers moi.

– Alors, qu'est-ce qui s'est passé, Ottavia ?

J'avais haussé les épaules en lui rendant son sourire. Je pensais qu'il plaisantait.

– Tu le sais, non ? Ça ne marchait pas, toi et moi.

– Conneries. Vraiment ? Il me semblait que ça marchait du tonnerre de dieu, au contraire.

– Arrête. Tu voulais me voler mon père.

– Ça te paraît si grave que ça, avec le recul ? Il t'adorait, je ne sais pas comment tu faisais pour ne pas le voir. Je n'avais aucune chance, de toute façon. Je n'ai jamais compris comment j'ai pu t'inspirer de la colère plutôt que de la pitié. J'étais naïf sans doute, j'étais jeune moi aussi, mais je n'ai jamais pensé que tu pouvais me quitter. Avec tout ce qu'on avait ensemble. Tout ce qu'on faisait ensemble. Je ne voyais pas avec qui d'autre j'aurais voulu être, et je croyais que c'était pareil pour toi.

– Pourtant, tu couchais avec d'autres filles.

– Oui. Je le regrette aujourd'hui. Encore une fois, j'étais jeune. Tu oublies toujours ça, mais c'est simplement parce que tu étais encore plus jeune. Je travaillais avec toi, je dormais avec toi presque toutes les nuits, et tu ne me disais rien. Bon dieu, j'ai passé presque sept ans avec toi, tu ne me parlais presque jamais. Tu parlais avec tes amies, je t'entendais au téléphone, je te voyais parfois en grande discussion avec elles, tu étais très animée, expressive, mais pas avec moi. Tu n'étais pas contente avec moi au lit non plus, je le sentais, et tu n'as jamais pris le temps de m'expliquer ce que tu voulais. Je ne suis pas un magicien, Ottavia, je suis un cuisinier. Mais j'ai des oreilles. J'ai une bouche. J'ai des mains. J'aurais au moins pu essayer.

– Arrête, enfin. Tu me disais des horreurs. Tu ne te rappelles pas ? Tu te droguais.

– Tu étais *intimidante*. Tu crois que je savais comment aimer ? Tu ne voyais pas que j'essayais simplement de t'atteindre ? Tout ton comportement disait que c'était ce que tu voulais. Quand je te parlais durement, ton visage exprimait du soulagement, comme si c'était la chose que tu désirais le plus au monde, que je t'humilie, que je te gronde. Je suis désolé, mais tu adorais quand je te criais dessus, tu rayonnais littéralement de plaisir. De nous deux, ce n'est pas moi le plus déviant, ma belle. Et c'est toi qui étais venue me chercher, et je n'ai jamais pensé que j'avais le dessus sur toi. Plutôt l'inverse. Moi, quand je pensais à toi, j'espérais qu'un jour nous aurions une maison à nous, en Sicile où je t'aurais convaincue de venir vivre avec moi. J'imaginais un toit-terrasse à flanc de colline avec des fleurs blanches dans des pots, des orangers, et te caresser le dos en regardant le ciel, partageant un verre de vin blanc le temps qu'un plat finisse de cuire dans le four. Je ne voulais pas te piétiner, Ottavia. Mais c'était ce que tu me demandais. Quand je te traitais mal, tes yeux brillaient comme si tu comprenais enfin de quoi je parlais. Ça semblait te rendre très heureuse. Je n'aurais jamais pu deviner que tu voulais autre chose. Tu ne le savais sans doute pas non plus. Je cherchais tes contours comme on tâtonne dans le noir, je ne faisais que me cogner aux meubles. Je te posais une question, tu refusais d'y répondre. Je crois que je te demandais *Es-tu vraiment si dure que ça, Ottavia Selvaggio ?* C'était toi et toi seule qui me tenais à distance. Je mourais d'envie de dépasser ça, mais tu ne m'as jamais montré un autre visage, et soudain tu as dit que tu n'en pouvais plus. Tu n'avais jamais rien dit jusque-là. Tu m'avais laissé penser que tout allait bien. C'était si facile que ça, de me quitter. Peut-être que ça ne m'a pas surpris, mais blessé, oui.

– Tu ne m'as jamais dit tout ça.

– Tu n'as jamais demandé. Tu ne poses presque pas de questions, tu sais ?

– Je crois que ça me semble intrusif. Matilda dit que c'est simplement un manque d'intérêt.

– Je suis désolé pour toi mais je pense qu'elle a raison, comme souvent.

Je l'avais trouvé doux et brave, et quand il avait été pris d'une grande quinte de toux à la fin de sa phrase, je lui avais conseillé d'aller voir un médecin dès qu'il pourrait. Il m'avait regardée. Il avait dit :

– Tu sais, je t'ai vue l'autre jour, dans la rue. Tu étais avec Clem.

– Tu te rappelles de lui ?

Cassio avait eu un petit rire triste.

– Ça te surprend ? On oublie rarement quelqu'un pour qui la fille qu'on aime traverse une frontière et disparaît pendant six mois.

Il avait recommencé à tousser douloureusement, et puis il s'était repris.

– Ottavia. Tu ne comprends rien. Écoute-moi bien.

Il m'avait saisi le poignet, rude comme avant.

– Tu penses que l'amour est ton sujet, mais tu n'es pas spécialement douée pour ça. La vérité, c'est que tu ne t'intéresses qu'à la cuisine. Bensch et moi, on le sait, on l'a appris dans la douleur, tous les deux, je crois. Et lui, il finira par l'apprendre aussi. En tout cas, je le lui souhaite. C'est peut-être la chose la plus importante à savoir sur toi.

– Cassio, enfin. C'est toi qui le disais : *Le travail, c'est de l'amour*.

– Je disais ça pour te séduire. J'aurais mieux fait de ne parler que de travail. Peut-être que tu n'es plus tout à fait la fille que j'ai connue, mais c'est toujours ça qui prend le dessus.

– Arrête. Ne dis pas n'importe quoi.

– Je te comprends, tu sais. Je comprends tout. Moi aussi, je t'ai aimée pour ça. Depuis que tu es partie, j'ai perdu la magie. Je fais toujours la cuisine, plutôt mieux qu'un autre, mais elle ne chante plus. Même le travail n'est plus le travail depuis que tu n'es plus là. Sans toi, je me suis essoufflé, je me suis perdu, ou plutôt ma route ne menait plus nulle part. Tu t'es toujours méfiée de moi, parce que tu es méfiante, pas parce que je suis une mauvaise personne. Ce que je voulais te dire, c'est ça : je t'aimais, et tu m'as quitté sans un regard en arrière. Ne refais pas la même erreur. J'ai aimé tout ce que j'ai eu après toi, pourtant j'aurais préféré qu'il n'y ait pas d'après. J'aurais préféré la maison en Sicile. Ne prends pas cet air stupéfait. Tu es intelligente, mais parfois je me dis que tu ne réfléchis pas beaucoup.

Il fallait que je rentre, mais je ne savais pas où. J'étais complètement désorientée, et c'est seulement à ce moment que j'avais mesuré la profondeur de ma détresse. Je crois que je pleurais beaucoup. Cassio avait dit comme une évidence :

– Viens, tu peux dormir dans ma réserve. J'ai fait le lit pour toi. Tout le monde a besoin de dormir.

Alors, à deux heures du matin, j'étais allée dormir dans le lit que Cassio m'avait préparé dans sa réserve, j'avais retiré mes vêtements, et avant d'éteindre la lumière je lui avais écrit *On le saura pour une prochaine vie*, il m'avait répondu presque immédiatement, sans doute allongé sur le lit de son appartement à deux rues, et c'était comme si je pouvais l'entendre à travers les murs qui nous séparaient, *Mais il n'y aura pas de prochaine vie, Ottavia. Il n'y a que celle-là. Bonne nuit*. Je m'étais glissée sous les draps et les couvertures qu'il avait entassés pour moi, un loir faisant un nid pour un autre loir, tout avait son odeur, tout avait l'odeur de toutes les maisons que je lui avais connues. Je m'étais allongée et j'avais dormi dans le passé. Tant d'années, des verres dans des cafés, des assiettes et des danses partagées, mais combien de temps avait pu s'écouler depuis la dernière fois que j'avais dormi dans son lit, en sa présence ou en son absence ? Je n'avais jamais vraiment vécu avec lui, je l'avais voulu plus que tout à une époque, mais aujourd'hui je n'étais plus sûre de vouloir que quelqu'un vive avec moi, je n'étais plus certaine que ce soit si important. Je pensais que j'aurais simplement pu me rouler en boule sur un sac de grains dans ma propre réserve, me draper dans une nappe en lin, et dormir du sommeil des innocents.

Le lendemain, avant de repartir à l'aube, j'avais regardé toutes ses choses, les livres, les disques, l'encens, les bibelots. Dans la cuisine, j'avais effleuré sa cafetière et son cendrier, j'avais ouvert son tiroir et trouvé des dizaines de paquets de cigarettes vides. Comme une enfant de conte de fées, je m'étais lavée dans sa douche, séchée dans sa serviette. J'avais bu dans sa tasse. Étrangement, dans cet endroit où je pénétrais pour la première fois, tout me semblait à sa place, même moi. Aux petites heures du matin, dans les rues encore vides, j'avais repris le chemin de chez moi.

En arrivant, j'étais restée fumer une cigarette sur la terrasse. Je sentais qu'il fallait que je fasse quelque chose pour ne pas devenir folle. Et là, devant moi, à travers les branches, j'avais aperçu la cabane au fond du jardin.

IX

XI

Le lendemain, j'avais téléphoné à mes amies une à une sur ma route pour le travail. Le soir, c'est ma sœur qui était arrivée la première, elle était très belle et bronzée, je le lui avais dit, elle m'avait répondu qu'elle avait fait des UV mais que je ne devais pas en parler à nos parents. Elle apportait une caisse de vin français qu'un client de son cabinet d'avocats lui avait offert en remerciement pour son travail. Je lui avais demandé *Qu'est-ce que tu as fait pour lui, exactement?*, elle m'avait répondu *Tu n'as pas envie de savoir.* Je n'avais pas eu le temps de réagir parce que Bea avait téléphoné à ce moment-là, pour dire qu'elle était en voiture dans la rue, elle avait besoin d'aide pour décharger, alors j'étais sortie avec Matilda, et on l'avait trouvée debout à l'arrière de la camionnette. Chiara était arrivée derrière notre épaule, elle avait dit que les outils n'allaient pas se bouger tout seuls, nous avions transporté des objets lourds jusqu'au jardin, et j'avais observé avec intérêt ses bijoux en pierre et or, son tee-shirt rentré dans son jean noir, ses tennis léopard, je me rappelais que j'avais déjà vu des enfants ramper sous la table pour les caresser discrètement, pour la première fois je m'étais demandé en quoi c'était fait, au juste, et je m'apprêtais à poser la question quand la silhouette d'Antonia s'était encadrée dans la porte du jardin. Les cheveux dénoués, elle portait une robe longue couleur fraise écrasée et des Birkenstock, elle s'était arrêtée sur le seuil pour nous regarder, grande prêtresse, elle avait allumé une cigarette et elle avait dit en soufflant la fumée *Ottavia, ta cuisine peut être parfaite, mais ta vie échappera toujours à ton contrôle, sache-le. Maintenant dis-nous ce que nous pouvons faire pour toi exactement*.

On avait ouvert le vin. Je leur avais expliqué mon projet le temps d'une cigarette – retaper la cabane pour que je puisse y vivre. Elles avaient acquiescé en silence, sauf Matilda qui avait dit *Tu étais déjà comme ça quand on était enfants. – Aventureuse ? – Pénible*, elle m'avait corrigé avec un aimable sourire, mais elle était restée nous aider quand même. On avait travaillé toute la journée, à l'ombre des lauriers-roses. Quand Bensch nous avait vues, je lui avais fait un geste léger de la main en disant *On bricole*. Trois jours plus tard, j'avais appelé une amie d'Antonia, qui savait faire les raccordements. Avec les filles, on avait posé un parquet, un plan de travail, une prise électrique. *Pas de chauffage ?* avait demandé Chiara qui avait toujours froid. – *Le printemps arrive*, avait dit Bea en me regardant. – *Ça tiendra jusqu'à l'hiver. Après, on verra,* avait tranché Antonia.

Jour après jour, la cabane avait pris forme, c'était quelque chose que mes amies faisaient pour moi, elles se relayaient superbement, Antonia avait confié ses enfants à sa mère, Bea avait posé des jours de congé pour ça et quand je l'avais remerciée elle m'avait répondu *Le travail ne passera jamais en premier*, et moi, j'étais avec elles et après je prenais le large, je retournais au restaurant, j'établissais les menus, j'y avais pensé toute la journée et je savais comment faire, je donnais mes indications et on sortait les plats toute la soirée, et c'était tout. Je ne sais pas quoi dire d'autre de ces moments-là. Je rentrais à la maison tard le soir, je fumais une cigarette seule, debout, en admirant le chantier dans le noir, son avancée.

J'avais su que la cabane était terminée le matin où Bensch s'était réveillé, et qu'il avait soudain compris ce que j'avais fait. Il était sorti sur la terrasse, une tasse de café à la main, tandis que j'étais dans le jardin, avec une pelle, à ramasser la sciure et les clous épars. Il avait plissé les yeux dans le soleil et il avait dit *Dis-moi, Ottavia, j'ai l'impression que tu t'es construit une cabane. Une sacrée cabane.* J'avais levé la tête. Je l'avais regardé, mon beau mari, mon bon mari, brillant de mille feux dans la lumière, les lignes sûres de son visage, ses mains que j'aimais, serrées sur le bois de la rambarde. Est-ce qu'il fallait y voir un indice de la façon dont il voulait me tenir aussi ? J'avais senti quelque chose vaciller en moi, et je m'étais adossée à la petite façade de bois. J'avais pensé à mon histoire, à ma mère restant obstinément debout dans la cuisine, refusant de s'asseoir, j'avais pensé à qui j'étais, qui je voulais être, et à ce que je fuyais plus que tout.

Ce soir-là, j'avais dormi dans notre lit à ses côtés, je l'avais serré sincèrement contre mon cœur. Mais le lendemain, en me réveillant je savais qu'il était trop tard pour reculer. À la coupure, j'étais allée au magasin d'occasion de la Porta Maggiore avec le fourgon du restaurant, j'avais acheté un lit une place, une table, une chaise, un tableau. Le soir, j'avais encore confié la fin de service à Marina qui avait hoché la tête, j'avais dîné dans la maison avec ma famille, j'avais lu des histoires et brossé des cheveux, et après j'avais embrassé tout le monde, et j'étais retournée au fond du jardin l'air de rien.

Un peu avant minuit, Bensch avait frappé à la porte de ma cabane. Debout sur le seuil, il m'avait regardée, il avait regardé la pièce derrière moi, ses yeux s'étaient écarquillés, il avait dit, les dents serrées :

– Tu désertes ce mariage, Ottavia.

– Je le réinvente, au contraire. Je l'étends. Regarde. Je construis des extensions.

– Ce n'est pas une extension, ça, femme, c'est une sécession. Tu as accroché un tableau. Je le vois. Je te connais. Tu prévois de rester là. Ce n'est pas une plaisanterie.

– Non. Je ne peux plus supporter ça.

– Mais supporter quoi exactement, Ottavia ?

La vie de famille ? C'est ta famille. Tu ne t'occupes que de ta cuisine. Tu ne vois plus tes enfants. Moi non plus, tu ne me vois plus. Il y a deux semaines que tu ne m'as pas embrassé sur la bouche. Tous les jours, tu dis *Je suis tendue aujourd'hui*. Tous les jours. Alors je te demande maintenant : supporter quoi ? Tu ne supportes rien, de ce que j'en vois. Dis-moi ce que tu supportes. Raconte-moi. Tu pars tôt le matin, tu rentres tard le soir. Tu cuisines pour des étrangers, tu ne manges même pas avec nous. Tu te rappelles ce que tu m'as promis autrefois ? Tu m'as dit que tu ne partirais pas. Je n'ai pas compris que tu parlais du *cadastre*. Tu n'as pas précisé que tu dormirais dans le jardin, Ottavia. Je pensais que tu ne partirais pas du tout.

– J'ai changé d'avis.

– Tu avais dit que tu ne changerais pas.

– Et toi, tu m'as crue, j'avais répondu durement. Alors nous sommes quittes. Bonne nuit, Arturo.

Il avait fait demi-tour dans le noir du jardin et j'avais refermé ma porte. Allongée sur mon lit, les larmes me coulaient dans les oreilles.

À partir de ce moment, j'étais dans ma cabane, Bensch dans la maison. Il voulait que je rentre vivre avec lui et les enfants mais je disais *Non, je pense que c'est moi qui ai raison, même si je ne sais pas pourquoi*. Quand il me posait des questions, je répondais que je ne savais pas, que je ne savais plus, que j'avais besoin d'être seule pour un temps indéterminé, que je serais là tous les matins pour les enfants, que je ferais les sacs, que je les emmènerais à l'école, que j'irais les chercher le soir, que je me conduirais bien, mais que j'avais besoin d'être seule. Que je ne savais pas ce qui viendrait après. *Comme toi et moi, le langage aussi a ses limites.* À sept heures, je traversais le jardin mouillé par la rosée, avant que la maison se réveille, puis c'était le chaos matinal, et à huit heures je marchais miraculeusement dans la rue avec mes trois enfants habillés qui se donnaient la main. Je me demandais s'ils me ressembleraient, plus tard. Si eux aussi auraient beaucoup d'énergie et du mal à la canaliser. Je me demandais si, au contraire, mes enfants seraient plus simples que moi, plus sages, mieux équilibrés, s'ils parviendraient à traverser leur vie sans jamais blesser quiconque.

Quelques semaines après mon installation dans ma cabane, un soir en poussant la porte, j'avais découvert ma fille aînée allongée sur mon lit. Elle avait levé ses yeux brillants et calmes vers moi et m'avait demandé *Maman, est-ce que tu vas nous abandonner?* La bouche des enfants. La vérité. Je l'avais raccompagnée dans sa chambre à travers les feuilles. Je pouvais faire face à sa question, même si je ne pouvais pas y répondre. J'étais redevenue sauvage. *Selvaggio, selvaggia*. Je m'étais acheté une bouilloire, c'était très nouveau pour moi – depuis dix ans Bensch avait acheté tous les objets de notre maison, et avant je n'avais presque rien possédé. Allongée sur mon lit une place, je fumais des cigarettes à la chaîne en réfléchissant. J'ouvrais un à un les albums de famille récupérés au départ de ma mère, et j'observais les photos, et je faisais face à toutes ces Ottavia plus jeunes qui me regardaient, portant chacune son mystère. Pour la première fois de ma vie, je me disais que j'aurais pu tout faire différemment. J'aurais pu être ailleurs, et je ne savais pas où. Je savais les corps solides de mes enfants dans mes bras, je savais la maisonnée que Bensch m'avait offerte, je posais la main sur les murs dans l'escalier et je me rappelais de tout, je savais la chance que j'avais eue, mais je savais aussi que tout aurait pu être différent, et ça aurait été ma vie aussi. Si j'avais compris ce que Clem essayait de me dire, si j'avais eu un peu plus d'amour-propre, un peu plus d'espoir, un peu moins de folie dans ma loyauté à Cassio, je ne serais pas aujourd'hui en cuisine comme mon père, je ne serais pas tenue de rentrer chez moi ce soir parce que j'avais trois enfants. Et plus je pensais à ces vies différentes que j'aurais pu avoir, plus j'avais simplement envie d'être seule et de m'enrouler autour de ma cuisine comme un serpent resserrant ses anneaux.

La nuit, allongée dans mon lit, du fond du jardin où je me cachais, j'entendais Silvio se réveiller dans la maison en pleurant et appeler *Papa*, *Papa*, et je ne pouvais pas m'empêcher de me demander s'il cherchait à prévenir son père de quelque chose. Ces jours-là, j'avais lu dans un roman une scène fascinante qui me hantait : aux funérailles d'une femme suicidée par noyade, son mari disait à son père *À son enterrement, elle est enfin décente*, et le père acquiesçait. Je me demandais de quelle liberté je disposais encore, et quelle liberté j'avais abandonnée à mon insu qu'on ne me rendrait plus.

Quelques semaines s'étaient passées sans nouvelles de Clem, et puis il m'avait envoyé le lien d'une nouvelle vidéo. C'était un court reportage américain de 1978 annonçant la mort du funambule Karl Wallenda à l'âge de soixante-treize ans, alors qu'il tentait une traversée sur un fil entre deux immeubles à Porto Rico. On voyait le vieil acrobate, fondateur et directeur des Flying Wallendas, pantalon noir, chemise blanche, avancer courbé sur sa ligne, une perche dans les mains, cherchant vainement l'équilibre tandis que de violents vents marins s'engouffraient dans la rue. L'espace de quelques secondes poignantes, Wallenda se recroquevillait sur le fil, allait jusqu'à le saisir, mais au lieu de s'y suspendre, de s'y accrocher de toutes ses forces, il semblait avoir soudain un mouvement de surprise, et il le lâchait brusquement. Dans sa chute, il rattrapait au vol sa perche qu'il avait d'abord perdue, et puis on voyait son corps descendre jusqu'à disparaître derrière un immeuble qui, comme un paravent, nous protégeait de sa mort. La voix off disait : *Ce n'est pas la rafale qui tua Wallenda, c'est l'instant où la rafale disparut qui lui a été fatal, car Karl continuait de compenser face au vent quand la rafale s'effaça aussi soudainement qu'elle était arrivée.*

Quand j'avais écrit à Clem pour lui demander s'il y avait encore un lien avec l'amour, il m'avait répondu immédiatement : *Évidemment. Tu as entendu : La rafale s'effaça aussi soudainement qu'elle était arrivée.*

Après avoir hésité un moment, je lui avais envoyé une vidéo de quelques secondes à peine, intitulée *Humpback Whale Jumps*. La description indiquait que la vidéo avait été tournée au large de l'Islande. L'image était d'assez mauvaise qualité, tout paraissait bleu et noir, à l'exception de quelques taches de vert sur le rivage au loin. Une baleine donnait des coups de sa queue blanche dans l'eau, puis d'un bond elle sortait entièrement, offrant son ventre au ciel gris, elle tournoyait sur elle-même et s'écrasait dans la mer en un immense éclaboussement d'écume. J'avais écrit à Clem que je ne savais pas non plus ce que ça signifiait exactement, mais que je regardais parfois cette vidéo sans le son, toute seule dans le noir, avant d'aller me coucher.

Tout était allé tellement vite, j'ignorais ce que j'en pensais. Je faisais la cuisine, j'allais avec mes enfants à l'anniversaire du fils de Chiara, je croisais Bensch dans notre maison entre deux portes, on se souriait en silence. Au musée d'Art moderne, il y avait une nouvelle exposition temporaire. Une pièce en particulier me fascinait, au point qu'à cette époque je m'échappais presque une fois par semaine pour traverser la ville à pied et retourner la voir encore et encore avant que ça ne soit plus possible. C'était une installation réunissant plusieurs courts-métrages d'images déformées par algorithme. Dans le montage que je préférais, un visage triste de vieil homme blanc, avec accent sudiste et moustache, racontait une histoire bouleversante.

Nous étions deux jeunes hommes inquiets en Somalie, avec un extraordinaire appétit de vie. Le monde était un endroit hostile et c'est toujours le cas, mais tant que nous étions ensemble le monde était à nous. La semaine nous pirations des cargos aussi facilement qu'on craque des graines de tournesol pour en extraire la partie mangeable avant de cracher l'écorce. Avec mon butin je t'achetais des cadeaux pour te rendre heureux, rubis bruts du Mozambique, kalachnikovs flambant neuves. Tu étais une extension de moi-même, et c'est seulement aujourd'hui que je m'aperçois que je prenais tout ça pour acquis. Toutes les créatures ne sont pas destinées au bonheur. Un jour, je me suis endormi dans un hamac tendu entre deux épineux, et je t'ai regardé pour la dernière fois, sans savoir que c'était un adieu. J'ai fermé les yeux, et en l'espace d'un instant, un éclair, mon esprit a été transféré dans le corps d'un homme dans une vaste région désertique appelée le Texas. C'était

> il y a des années maintenant. Parfois, je me réveille encore en croyant sentir l'odeur de ta sueur et de la mer salée. C'est le seul moment de bonheur pur que je connaisse, quand je crois que tout ça est fini et que je suis de retour sur le rivage d'Aden avec toi – mais non. Au lieu de ça, je vois le corps d'une vieille femme blanche qui dort à côté de moi. Je regarde par la fenêtre et tout ce que je vois ce sont les rues poussiéreuses d'Odessa, Texas. Quand je croise un miroir, c'est un visage étranger qui me renvoie mon regard. Quand je prends mon enfant dans mes bras, je ne ressens rien. Je ne suis rien – rien d'autre que des souvenirs. Qui s'effacent et ne s'éveillent que lorsque je pense à toi. Est-ce que tu me cherches ? J'ai peur que tu m'aies oublié, ou pire, que tu m'aies remplacé.

En ce mois de novembre, semaine après semaine je revenais m'asseoir dans la cabine obscure où était projetée cette vidéo de trois minutes à peine, et je pleurais à chaudes larmes, sans parvenir à localiser précisément la source de ma tristesse. Qu'est-ce que cet objet étrange touchait en moi ? Qu'est-ce que ça remuait ? La perte de l'enfance ? La transition vers l'âge adulte ? Est-ce que le vieil homme me rappelait mon père ? Ou est-ce que ça me faisait penser à Cassio et à la façon dont nous nous étions, d'une manière ou d'une autre, séparés malgré tout ce qu'on avait cru ? Est-ce que ça parlait des quelques heures que Clem et moi avions passées ensemble autrefois, où nous nous étions perdus ? Ou de Bensch, et de la façon dont je m'éloignais de lui sans un bruit ces dernières semaines ? Ou de mes enfants pour qui parfois je ne ressentais rien ? De la vie que j'avais tellement voulue et dont je ne savais plus quoi faire ? Je pense que ce qui me terrorisait, c'était l'idée qu'en changeant, en grandissant, j'avais perdu la moitié de ce que j'étais, que je ne parvenais même plus à la retrouver en moi. C'était moi-même, je crois, que je craignais d'avoir oubliée, ou remplacée – mais par quoi ? Par qui ?

Je vivais dans ma cabane, je travaillais dur, j'essayais de renouer avec mes enfants. Le reste du temps, je regardais en boucle des vidéos d'art conceptuel, seule dans la nuit. Un jeudi, je me suis brusquement souvenue que Matilda avait été hospitalisée pour une ligature des trompes quatre jours plus tôt, l'opération avait été programmée depuis des mois, je l'avais notée dans mon agenda, et je ne m'en étais pas souciée, depuis tout ce temps. Je n'étais pas allée la voir, je n'avais pas téléphoné, je n'avais même pas fait livrer de fleurs. J'ai lâché tout ce que je tenais, je suis sortie de ma cuisine en plein service, j'ai traversé la salle, j'ai ouvert la porte vers le dehors, j'ai allumé une cigarette, et je l'ai appelée à l'hôpital.

– J'ai cru que tu avais oublié que tu avais une sœur, a-t-elle ironisé en décrochant.

– Tout le monde sait qu'on ne tue jamais l'héroïne du livre, j'avais dit pour essayer de détendre l'atmosphère. Je n'étais pas très inquiète.

– Arrête. Ne fais pas semblant.

– Je suis désolée. Je crois que je ne pense jamais que les gens peuvent se sentir seuls, même à l'hôpital. Il n'y a pas une règle biblique qui dit *Fais aux autres ce que tu veux qu'ils te fassent*?

– Tu ne veux pas qu'on te traite avec rudesse, tu ne sais juste pas comment faire autrement. Par ailleurs, la phrase dit de ne *pas* faire aux autres ce qu'on ne voudrait *pas* qu'ils nous fassent.

– Matilda, tu es à l'hôpital, je ne vais pas argumenter avec toi. Nous sommes différentes.

– C'est seulement toi qui es différente. Je vais raccrocher maintenant.

Parfois, je sentais que je ne comprenais pas ce que les gens essayaient de me dire, ils évoquaient des émotions qui m'étaient étrangères et l'avaient toujours été. Tant que je pouvais être seule et cuisiner, embrasser mes enfants dans leur lit en rentrant, rien ne paraissait avoir beaucoup d'importance. Dans ma jeunesse, j'avais embarqué sur la mer houleuse de la cuisine pour des raisons qui m'étaient en partie insondables, et je n'avais pas fini de naviguer. Beaucoup de personnes sur terre et sous terre m'intimidaient, Matilda plus que tout, peut-être parce qu'elle ressemblait tant à notre mère. Dire la vérité me semblait toujours impoli, mais sans doute que Matilda avait raison, j'étais trop autocentrée. J'avais l'habitude des reproches, l'habitude qu'on me crie dessus, je préférais la vérité aux compliments, simplement parce que je comprenais mieux.

Un jour, j'avais retourné la maison pour trouver une boucle d'oreille, et en passant près de notre lit j'avais vu que Bensch avait laissé un livre ouvert. Je m'étais penchée sur la page, j'avais vu deux traits de crayon encadrant un passage. J'avais lu. C'était un mari qui parlait de sa femme en disant que, pour lui, avoir des enfants avait été une question de faits pratiques, les couches, la lessive, la poussette, et qu'il avait mis un long moment à comprendre que, pour sa femme, c'était tout autre chose, que ça lui avait coûté et lui coûtait bien davantage. Il ne disait pas pourquoi, il ne parlait pas de la dévotion implicite, de l'immense métamorphose que la maternité imposait aux femmes. Il disait qu'il l'avait regardée s'efforcer d'être une bonne mère, et qu'ensuite il l'avait vue sombrer, jusqu'à ne plus parvenir à garder contact avec la vie quotidienne.

Je m'étais demandé à quoi Bensch pensait, et quelle personne il croyait que j'étais. Est-ce qu'il croyait vraiment que notre situation était à ce point désespérée ? Est-ce qu'il pouvait avoir raison ? Est-ce que je devenais folle ? Est-ce que c'était l'impression que je lui donnais ?

Moi, très doucement, j'avais l'impression de me remettre. Du fond du jardin, je la voyais mieux, ma famille. J'écrivais de nouvelles recettes dans mes carnets, je dormais sur mes deux oreilles. Quelque chose était arrivé et passé, quelque chose se retirait comme une vague.

Un soir de ce printemps, Bensch était revenu taper à la porte de ma cabane en pleine nuit, comme le premier soir. Quand je lui avais ouvert, il m'avait murmuré à l'oreille :

– Est-ce que tu as besoin que je te rappelle ce

qu'on fait ensemble, toi et moi, pourquoi on vit ensemble depuis tout ce temps, pourquoi c'est avec moi que tu as eu tes bébés ? Alors, Ottavia, il avait demandé d'un souffle rauque, tu veux que je te rafraîchisse la mémoire ? Laisse-moi t'éclairer. Je suis ton mari, après tout. Tu veux bien ?

X

En me réveillant le lendemain, seule dans le lit, j'avais trouvé une enveloppe glissée sous la porte de ma cabane. Avant de l'ouvrir, j'avais regardé longuement mon prénom écrit au stylo bille de la main de Bensch. J'avais déplié la feuille.

Ottavia,

Je n'ai jamais pensé que je reviendrais vivre à Rome, que je resterais là en tant qu'adulte, dans la ville où j'étais né. Avant de te rencontrer, j'imaginais postuler pour des post-docs à l'étranger. Mais je suis tombé amoureux de toi, et tu avais un restaurant. Je pensais devenir chercheur, je t'ai trouvée avant de commencer à chercher. Alors je suis resté. Si ce n'était pas pour toi, je vivrais à l'étranger depuis toutes ces années. Ce que je veux dire, c'est que moi aussi j'ai fait des sacrifices pour nous. Moi non plus, je n'ai pas eu exactement la vie que j'avais prévue. Je pensais enseigner à Berkeley, à Paris, à Cambridge, c'était le genre de rêves que j'avais pour moi, mais mes rêves je les ai pliés devant les tiens. Sans toi, j'aurais probablement été le genre de gars qui écrit des biographies à quatre mains avec sa femme, comme le faisaient mes parents. Je me voyais dans ce genre de relation, quand je pensais au mariage, au futur. Je ne pensais pas que je serais seul avec trois jeunes enfants presque tous les soirs parce que j'aurais fait ma vie avec une restauratrice ambitieuse. Parfois je te déteste d'avoir ce pouvoir et qu'il te semble évident, je hais ta facilité, ta certitude, et chaque fois que je vois Cassio de loin au bout d'une rue par hasard, je l'observe sans qu'il s'en aperçoive, je me pose des questions, j'ignore ce qui vous lie mais je le sens, comme je reniflerais une piste sur laquelle je serais pourtant incapable de m'aventurer. Je suis heureux de ce que je peux faire pour toi, de ce que je peux t'offrir, de ce que je t'offre, parce que je pense que c'est bon. La petite fille avec un gros livre que tu étais, c'est avec moi qu'elle avait des choses à accomplir, une vie à vivre. Tu n'étais pas née pour porter un homme à bout de bras, je n'y crois pas une seule seconde, tu étais faite pour quelqu'un qui te donnerait toute liberté, la vraie liberté, même contre ton gré, parfois. L'autre jour j'ai relu John Fante, je cherchais une phrase que j'avais notée il y a longtemps, quand Bandini est passionnément amoureux de Camilla Lopez mais qu'elle lui préfère l'affreux méchant serveur tuberculeux, et qu'il ne comprend pas pourquoi c'est lui qu'elle veut, et il écrit dans la douleur totale de l'incompréhension, Sa reine voulait être une esclave, parfois c'est à ça que je pense quand je te vois aller au front obstinément, dans ces moments-là je suis là pour te rappeler que tu es une reine, pas une esclave, jamais, jamais – même pas la tienne, Ottavia. Je pense que tu oscilles toujours un peu entre rentrer dans le rang et couler à pic dans la folie de la cuisine, l'adrénaline, la solitude, tu es comme cette route côtière qu'on a prise une fois en Sardaigne, je me rappellerai toujours, d'un côté, la dune sauvage agitée par le vent et la mer à perte de vue, de l'autre, la route et un terrain militaire à l'herbe rase, avec quelques bâtiments carrés éparpillés, et je pensais *Mais qu'est-ce que ça me rappelle ?* Et c'était toi, Ottavia. Nous roulions au centre de ta tête, ce jour-là. Ta sauvagerie et ta sagesse, ton audace et ta discipline, ton corps chaud, ta tête froide, équilibrée comme une arme, toi toujours parfaitement au milieu, qui fonce sur une bande d'asphalte, avec tes lunettes de soleil, comme tu es. Parfois, je te vois par la fenêtre quand je passe devant ton restaurant, et c'est comme si tu dansais toute seule les yeux fermés, d'une certaine façon tu n'es jamais autant toi que dans ces moments-là, tu sembles au sommet de toi-même, et pourtant non, moi entre tous je sais que ce n'est pas vrai, parce que je vis avec toi, et que quand tu es à la maison, et que tu lis des livres aux enfants, c'est aussi tellement toi, quand je te vois te démaquiller, quand tu reviens du marché avec ton panier plein de fleurs, quand tu m'apportes une tasse de café dans mon bureau pendant que je travaille, tu es une tout autre personne, tu as l'air étrangement apprivoisée, polie, et pourtant c'est toi, c'est toi aussi, cette fille-là, et au lit, tu n'es pas apprivoisée du tout, ou peut-être que si, peut-être que c'est une autre forme d'apprivoisement, mais au lit tu es totalement toi aussi, au lit tu parviens à faire fondre ensemble l'adrénaline et la solitude comme dans un creuset brûlant, de l'alchimie, tu es débarrassée de tous tes attributs, plus rien ne te pèse, tu es un animal au bon sens du terme, alors dans les moments où je doute de t'apporter quelque chose, les moments où ton autonomie me frappe de plein fouet comme une porte qui claque à mon visage, je reviens à cette image, je te revois dans le lit, quand tu accroches tes yeux aux miens pendant que j'essaie de toutes mes forces de te faire du bien, il y a du défi dans tes yeux, de la peur, de la supplication, du feu, et dans ces moments-là je sais pourquoi je suis resté, je sais pourquoi je reste à Rome, Ottavia Selvaggio.

Arturo

Quelques jours plus tard, c'était le solstice d'été et Clem m'avait donné rendez-vous après mon service au Mercure Centro Colosseo où il était descendu, parce que son hôtel habituel était complet à cause d'un match. Mon lave-vaisselle était tombé en panne en plein service, si bien qu'il était deux heures du matin quand j'avais quitté le restaurant. Sur la route, j'avais écrit pour dire que j'arrivais, il m'avait répondu *Je suis allé nager dans la piscine sur le toit, rejoins-moi en haut.*

J'étais intimidée en arrivant devant l'hôtel chic, mais quand j'avais dit à la réceptionniste que je venais retrouver Clem, elle m'avait indiqué aimablement l'ascenseur pour le rooftop, sans me poser plus de questions. Quand la porte s'était ouverte, j'avais vu les toits plats en tuile devant moi, le bar à gauche, désert, et sur ma droite le rectangle bleu-vert de la piscine illuminée dans la nuit, et la silhouette familière du Colisée à l'arrière. Je m'étais avancée. Les vieilles pierres scintillaient dans la lumière dorée. J'avais pensé que pour moi, à trente-neuf ans, c'était un nouveau monde, et un vieux monde pourtant, ou peut-être l'inverse. Je m'étais approchée du bassin. Clem nageait un crawl régulier et vigoureux, il ne m'avait pas encore vue. Il fermait les yeux sous l'onde brillante. Je m'étais hissée sur le rebord et j'avais enlevé mes chaussures pour pouvoir plonger mes pieds dans l'eau. Juste après, Clem avait émergé et m'avait souri. Il s'était rapproché. Il avait dit :

– Tu as fini tard.

– Tu m'as attendue longtemps ?

– Dix-huit ans, Ottavia.

– Arrête. Tu ne m'as pas attendue.

– Non. Toi non plus. Tu viens ?

– Il y a des cabines pour se changer ?

– Tu as emmené un maillot ?

Il avait souri d'avoir raison. Il s'était mis sur le dos, et d'un coup de jambes il s'était propulsé en arrière sur l'eau miroitante. Il faisait la planche.

J'avais reculé un peu du bassin pour retirer mes habits, et j'avais plongé nue. L'eau était froide et bleue. La lumière automatique s'était éteinte. J'avais nagé quelques brasses lentes dans le grondement sourd de la nuit romaine en regardant au loin le Colisée où tant d'animaux sauvages et innocents avaient péri. Quand je m'étais redressée, mes pieds frôlaient à peine le sol carrelé. Nous avions flotté sur le dos, nous laissant dériver. Yeux sur les étoiles, la voix de Clem s'était élevée.

– Personne n'a attendu personne, Ottavia. On a tout raté. On a tout foutu en l'air. Je le sais aussi bien que toi. Le matin de mon mariage, en mettant mes boutons de manchette, j'ai pensé à toi parce que tu étais la seule personne avec qui j'aurais pensé pouvoir me marier, et voilà que j'étais là. Mes boutons étaient des hirondelles, or et émail bleu foncé, art déco, et j'ai pensé *Je suis sûr qu'Ottavia aimerait ça*, j'ai pensé *Les hirondelles partent mais reviennent toujours*, j'ai pensé *Où sommes-nous passés ?* Ottavia, laisse-moi dire ton prénom encore, Ottavia, je te le jure, je t'aurais écoutée me raconter ton enfance. Je t'aurais écoutée me parler de ta mère, me parler de ton père, en détail, pendant des heures. Je t'aurais écoutée me parler de tous les autres garçons avec qui tu aurais flirté, même si ça m'aurait tué. J'aurais reçu tes amis, visité tes coins pourris, écouté tes plaintes, j'aurais peint des murs avec toi à côté, j'aurais poncé le bois des meubles avec toi, j'aurais fait les courses au supermarché avec toi, Ottavia, je t'aurais mise dans la voiture, le samedi, et je t'aurais emmenée au magasin Ikea, et tout l'après-midi j'aurais essayé avec toi des fauteuils et des matelas, j'aurais tripoté des lampes, des serviettes en papier, ce que tu aurais voulu, j'aurais acheté des pâtisseries et des saucisses, mais j'aurais été là aussi pour les moments difficiles, les moments tristes je serais venu avec toi aux enterrements, je t'aurais collé des pansements sur le front, je t'aurais veillée quand tu aurais été fiévreuse, quand tu aurais été odieuse, je t'aurais passé le sel à table, je n'aurais jamais oublié ton couvert, je t'aurais apporté ta serviette dans ton bain, du papier aux toilettes, ton petit déjeuner au lit, j'aurais vidé tes cendriers pleins, j'aurais racheté ta crème de jour, ta crème de nuit, tout, j'aurais payé, j'aurais signé les yeux fermés tous les papiers que tu m'aurais présentés, j'aurais patienté dans des abribus et des gares avec toi, dans des stations de cars désertes, j'aurais grelotté, j'aurais rempli ton verre, porté ta valise, rassuré tes enfants, j'aurais mis tes affaires supplémentaires dans mon bagage cabine, j'aurais rincé ta cafetière, qui aurait été notre cafetière, imagine, je t'aurais envoyé des listes de courses par texto, je t'aurais acheté des petits gâteaux et des pierres précieuses pour tes anniversaires, j'aurais écrit ton nom à côté du mien sur une boîte aux lettres, sur un formulaire d'école maternelle, en bas d'un registre dans un hôtel de ville. Je l'aurais fait, Ottavia. Bien sûr que je l'aurais fait, que j'aurais su le faire. Je sais peu de choses sur moi, mais je sais ça.

– Je t'aurais agacé.

– Bien sûr. Tu es une emmerdeuse de compétition. Je sais ça aussi. Ne t'inquiète pas. Je t'aurais crié dessus, je t'aurais vouée aux gémonies, j'aurais maugréé ton prénom les mauvais jours, j'aurais senti ton haleine du matin, tes pieds gelés la nuit, j'aurais plié tes vêtements et ramassé tes cheveux au fond de la baignoire, ton dentifrice dans le lavabo, j'aurais maudit tes parents de t'avoir conçue, je t'aurais vue vieillir. Ne t'inquiète pas. Je sais ce que je dis. Écoute-moi. Je t'aimais. Je t'aime. C'est comme ça. Ce n'est la faute de personne. C'est simplement arrivé. C'est la vie. Un jour, dans une autre vie j'aurais peut-être oublié ce qui dans celle-ci nous réunit – peut-être que dans la multitude des jours heureux j'aurais oublié le premier. Mais ça aurait été parfait, tu sais.

Il avait posé ses deux mains sur le rebord et il était sorti de l'eau devant moi. Épaules, torse, nombril. Poils ruisselants. Je l'avais regardé, en pensant à la façon dont il m'avait montré son corps sous la lune, des années-lumière plus tôt, et de nouveau ce soir. Je savais qu'il aurait fait tout ce qu'il avait dit. Je savais qu'il disait la vérité. Il avait changé. J'avais changé. Mais ce qui nous liait n'avait pas changé. J'avais chuchoté :

– Non. *C'est* parfait.

Il avait fixé le Colisée longtemps en silence. Finalement, il avait hoché la tête, il s'était frotté les paupières, tourné vers moi. Ses yeux étaient étincelants de larmes. Il avait souri, il avait dit :

– Je ne devrais pas dire ça, mais c'était merveilleux de te voir nue, même pour la dernière fois.

Cette nuit-là, j'avais dormi dans ma cabane. Au matin, j'avais plié la lettre de Bensch dans ma poche de chemisier, au niveau du cœur, et j'étais partie au travail sans repasser par la maison. Il était six heures et demie du matin, mais c'étaient les vacances scolaires, les enfants étaient chez ma mère, personne n'avait besoin de moi. J'avais marché droit jusqu'au Nuovo Mercato Esquilino, et j'avais plongé dans la foule dense. J'avais pillé les étals, je me sentais comme une reine, je laissais glisser ma main sur les fruits, les légumes, et j'ordonnais qu'on livre tout ce que je choisissais, j'examinais des pièces de viande et des poissons et je les ajoutais à ma commande, j'étais intraitable, je demandais des herbes, des fleurs, des noix et des graines, je voulais de la farine de châtaignes et des truffes, je souriais, je désignais les denrées d'un doigt sûr, vingt-cinq ans d'expérience, je savais ce que je faisais, je filais à travers les allées et les commerçants mes amis me saluaient, têtes penchées comme des corolles de fleurs. À tout regarder et tout vouloir je m'étais mise en retard, j'étais partie en courant, j'avais remonté essoufflée les rues de mon enfance. À peine arrivée au restaurant, les caisses lourdes de mes commandes avaient déferlé sur mon seuil, j'avais porté, déchargé, lavé, épluché, j'avais relevé mes manches, remis la carte à zéro d'un seul mouvement de paume mouillée sur l'ardoise et toute la journée j'avais travaillé avec acharnement, exécutant les plats comme des figures de gymnastique. J'avais exécuté de mémoire des recettes techniquement délicates et exigeantes que je n'avais pas reproduites depuis que j'avais ouvert le restaurant, et aussi des recettes traditionnelles de mon père, dont je ne m'étais jusque-là jamais approchée de mon plein gré, et aussi des recettes grappillées à Favale, des recettes signatures de Cassio, ou d'autres qu'il avait imaginées juste pour lui et moi, dans la cuisine du Rosasharn, quand nous étions jeunes et que nous nous aimions si mal. J'avais parcouru l'ensemble de mon répertoire, et je m'étonne à présent de n'avoir pas saisi plus tôt que c'était un adieu. J'avais cuisiné jusqu'à l'épuisement, jusqu'à ce que tout mon corps soit douloureux, mais quand Marina était venue prendre son service je l'avais renvoyée chez elle, j'avais dit que je gérerais la salle moi-même. Elle n'avait pas protesté, elle s'était simplement assise sur un tabouret pour me surveiller. J'avais refusé de m'arrêter entre les deux services, refusé de me poser, j'étais restée debout dans le feu, couteau à la main, cœur battant, quel spectacle je donnais, à un moment j'avais vu quelqu'un me filmer, j'avais continué, sueur dégoulinant le long de ma colonne vertébrale comme un torrent de montagne. Je voulais sentir mes muscles et mes compétences, ma douleur et mes limites, j'apportais les plats comme ils me venaient, au mépris des commandes, je voulais aller au bout de quelque chose, je sortais les assiettes fumantes et je retournais dresser les suivantes, encore, encore, encore. Heure après heure, j'avais nourri toutes les personnes qui s'étaient présentées, elles mangeaient debout à la fin, il y avait de la musique, et puis très tard je les avais toutes mises à la porte, et j'étais seule sur le trottoir un verre à la main après le départ des derniers dîneurs quand Bensch était arrivé au pas de course. *Je m'inquiète*, il m'avait dit, *jamais tu n'as fini aussi tard, il est cinq heures du matin, où étais-tu tout ce temps ?* – *Ici*, j'avais dit avec un sourire immense, *Ici, j'étais ici, viens, rentre, je vais cuisiner pour toi.* Et je l'avais fait entrer, il s'était assis au bar comme la nuit de notre rencontre, et j'avais cuisiné pour lui, *orecchiete*, tiramisu, *vignarola*, et il avait mangé en souriant. J'étais épuisée, pliée en deux de fatigue, mais sur son visage je reconnaissais enfin tous ses autres visages, les journées heureuses passées ensemble, les traits de nos enfants, les paysages traversés, les nuits à parler, mon meilleur ami. Comme si c'était une habitude qu'on aurait eue depuis toujours de se retrouver dans la cuisine de mon restaurant, nous avions parlé de la journée, du temps, du travail prenant qui s'accumulait, des gens qu'on avait croisés et de ce qu'ils nous avaient dit, de ce qu'on en pensait, de nos trois enfants qui grandissaient. Quand il avait eu fini son repas, il avait plié soigneusement sa serviette et il m'avait demandé :

– Qu'est-ce qui se passe, Ottavia ? Ou qu'est-ce qui s'est passé ?

J'avais secoué la tête, désemparée.

– Quel intérêt aurais-tu à savoir? j'avais dit en haussant les épaules comme ma mère.

Il me regardait attentivement. Il avait dit:

– Mais je n'ai jamais dit que je ne voulais que les bonnes choses. Raconte-moi ce que tu peux.

J'avais hésité et puis j'avais dit ce que je ne m'étais même pas encore dit à moi-même:

– J'ai revu quelqu'un. Je suis désolée.

D'un seul mouvement de ses deux bras d'intellectuel, Bensch avait renversé la table. Tout était tombé par terre et s'était brisé, les assiettes, les verres, une grande éclaboussure de vin sur mes jambes nues. J'étais restée assise très droite face au vide entre nous. Sur la chaise en face de la mienne, les mains sur les yeux, Bensch avait repris sa respiration progressivement. Quand il avait relevé la tête, il avait dit:

– Tu sais, je ne suis pas sûr que tu sois désolée, Ottavia. Tu accordes généralement à tes désirs l'attention que les autres accordent uniquement à leurs besoins.

– Je suis un être humain.

– Je savais que tu dirais ça. Qu'est-ce que tu vas faire maintenant?

– Je n'en ai aucune idée. C'est comme si je cherchais un mot dans le dictionnaire et que la page était blanche.

– Évidemment, avait dit Bensch avec humeur. Parce que c'est une idée complètement conne. Les idées connes ne sont pas dans le dico. On les connaît tous. Les trucs qu'il ne faut jamais faire.

– C'est plus compliqué que ça, mais je vois ce que tu veux dire. Tu vas me quitter?

– Tu veux?

– Non.

– Alors non.

– Pourquoi?

– Parce que, Ottavia. Tu es ma femme. Je savais ce qu'était un mariage quand je me suis engagé avec toi. Parfois je me demande si c'était ton cas. Moi, je me suis engagé à faire front avec toi. C'est comme ça.

Nous nous étions regardés en silence un moment. Timidement, nous avions fini par sourire. Après, j'avais mis un album de Simon et Garfunkel qu'on aimait tous les deux, Bensch s'était levé aussi, et ensemble nous avions balayé les débris de verres et de porcelaine. Nous avions ramassé et plié la nappe, redressé la table. Nous étions allés dans la cuisine et nous avions nettoyé mon plan de travail à l'eau savonneuse puis à la Javel, plongé mes casseroles poisseuses dans l'eau bouillante de l'évier, côte à côte nous les avions rincées, essuyées et rangées. J'avais aligné mes couteaux propres, étincelants. Et puis nous étions rentrés chez nous à pied, main dans la main comme avant, et en même temps tout me semblait différent. À la maison, nous avions fait l'amour dans notre lit pour la première fois depuis cinq mois, ça avait été une aube de velours dans notre maison déserte, une journée simplement tous les deux. J'avais pensé que je l'aimais peut-être d'abord parce qu'il m'était tellement étranger, tellement étrange. Je ne savais pas comment il faisait pour vivre avec moi, je ne comprenais pas ce qui était important pour lui, ni pourquoi, mais c'était intéressant de ne pas comprendre. J'avais murmuré *Je t'aime, Arturo*, et il m'avait répondu *Je sais.* Avant de m'endormir en cuillère contre lui, pour la première fois j'avais pensé que peut-être, au contraire, il me ressemblait davantage que je ne l'avais pensé jusque-là.

Le lendemain, un lundi, le restaurant était fermé, je m'étais lavé les cheveux, j'avais mis un tee-shirt noir et une jupe crayon, j'avais enfilé des bijoux dorés, un chapeau, et j'avais marché tranquillement jusqu'à Piramide pour prendre le train de banlieue et rejoindre Cassio à Ostia où il m'avait donné rendez-vous. Assise sur la banquette du train, mon sac posé sur mes genoux, j'avais pensé à la lettre de Bensch, le moment où il parlait de la route en Sardaigne. *C'est lui qui m'avait appris à accélérer dans les virages*, je m'étais rappelée. *Est-ce que ça aussi, c'est une métaphore ?* En sortant de la gare, j'avais marché jusqu'à la plage dans les rues vides des quartiers marins hors saison. Nous avions eu nos habitudes ici quand nous étions jeunes, mais à présent je ne comprenais pas pourquoi il m'avait demandé de le rejoindre dans cette ville fasciste, front de mer consacré aux riches, travailleurs pauvres à l'arrière-ban, comme partout et tout le temps. Pourquoi me faire venir ici, alors que nous nous verrions quand nous le voudrions, n'importe quel soir après le service ? Mais quand l'avais-je vu la dernière fois, exactement ? Le soir où j'avais dormi chez lui ? Il me semblait maintenant qu'il y avait des semaines. *Le temps passe*, je pensais en marchant quand Cassio m'avait sifflée d'une terrasse. Après une accolade, nous nous étions assis côte à côte face au port de plaisance et nous avions parlé à bâtons rompus de nos restaurants et des gens que nous connaissions, des touristes qui voudraient toujours manger des frites – mais sous les mots, il y avait d'autres mots, sous les mots que nous disions il y avait tous ceux que nous ne prononcions pas, et c'était la première fois que j'en prenais conscience, que je les détectais dans le brouhaha.

Ottavia
J'ai vu Gio l'autre jour et
Cassio
Il m'a parlé de ton nouveau poulet *cacciatore*
Nous avons échoué

Il faudra que je goûte ça Et
Nous avons passé la limite sans la voir
Aussi je voulais te dire
Après avoir réussi tant d'autres choses
Avoir ébauché, frôlé, construit tant d'autres choses
Dans toutes les catégories que nous pouvions concevoir
Les poulpes de chez Freddo
Nous avons échoué dans la seule qui nous aurait changés
Ils ne sont pas frais
Nous avons fait erreur
N'en parle à personne
Nous nous sommes trompés
Nous avons perdu
Nous avons péché par peur, par orgueil
La fascination pour ce qui ne sera jamais achevé
Tu deviens psychorigide
Des phrases ont été prononcées, régulièrement
Je suis un adulte
Mais jamais entendues
Bordel de dieu de merde
Le message partait d'une bouche
Sans trouver sur son chemin une oreille

Qui puisse le recueillir,
Le déplier, et prendre acte de l'information capitale
Dont il était porteur
Des genoux posés à terre, comme des armes
N'ont pas eu plus d'effet
Viens, on change de café.
Où tu m'emmènes ?
S'être fuis et poursuivis
Pleins de mauvaises intentions
Dans ma chambre d'hôtel. Je plaisante – c'est juste
Le bar – le bar de mon hôtel. Qu'est-ce que tu bois ?
Parce qu'assuré de la loyauté de l'autre,
Comme toi. Comme d'habitude.
De son éternité, de la pleine possession
Que nous avions de toute sa personne –
Notre personne. Tu étais ma personne
Tu étais mon pays. Et parce que nous
Étions souverains chacun du territoire
Que composait l'autre,
Nous ne le visitions que brièvement
Je vais dire à Gio de te contacter, dans ce cas-là.
Nous sommes ces deux personnes
Ça peut t'intéresser
Oui et donne-moi aussi

Qui auront vécu cette vie
Le nom de la fille pour les écrevisses
Sans jamais vraiment parvenir à se rejoindre,
Seulement si toi tu me donnes ta recette de panacotta
Sans jamais s'unir, tournoyant l'un autour de l'autre
Jamais
Comme des insectes, désorientés, passionnés, ineptes
Qu'est-ce que tu mets là-dedans
Nous nous sommes quittés des yeux,
Du marsala?
Nous sommes passés à côté
Nous avons échoué
Nous avons fait erreur
C'est tout ce que nous avons fait
Tout ce que nous devons faire ensemble
Ottavia
C'est la cuisine
Cassio
Je t'aime vraiment
Ottavia
Maintenant seulement.

Nous avions fini la deuxième bouteille de vin blanc. Nous parlions depuis cinq heures, il était temps de rentrer. Comme quand je l'avais retrouvé, j'avais serré fort et longtemps Cassio dans mes bras, j'avais respiré son odeur. Il m'avait dit qu'il restait parce qu'il avait quelqu'un à voir sur place, je n'avais pas posé de questions, je m'étais éloignée en direction de la gare pour reprendre le train. Quelques minutes après l'avoir quitté sur le trottoir, mon téléphone avait vibré dans ma poche. C'était Cassio qui m'écrivait : *J'ai aimé que tu ne te retournes pas.* J'avais pensé à lui se tournant vers moi, le premier jour, dans la réserve de mon père. J'avais continué d'avancer en souriant. Cent mètres plus loin, mon téléphone avait vibré de nouveau. C'était encore lui. J'avais décroché, j'avais dit *Encore toi ?*, et la voix de Cassio m'avait répondu *Non, Ottavia. Tu ne comprends pas. J'essaie de te dire quelque chose. Écoute. J'ai fait les examens que tu m'as conseillés. Les résultats ne sont pas bons. C'est pour ça, je te dis – continue de ne pas te retourner sur le chemin de l'enfer.*

J'avais beaucoup pleuré dans le train du retour. Je me disais que j'aurais dû le protéger avant, qu'il avait raison, je n'aurais pas dû lui pardonner aveuglément, je n'aurais pas dû partir comme je l'avais fait autrefois. Je le revoyais comme il avait été, jeune, plein de promesses, je me demandais quelle était ma part exacte de responsabilité dans ce qui se passait maintenant. Pourquoi j'étais toujours aussi incapable de dire les choses avec honnêteté au lieu de me cacher dans le silence. Pourquoi je ne comprenais pas les choses les plus évidentes, les plus capitales. Les gens avaient besoin de limites. Ils avaient besoin de vigilance, pas seulement de tolérance. Ils avaient besoin qu'on veille sur eux et que des mots soient prononcés à temps.

Il faisait nuit quand j'étais arrivée chez moi, j'avais retiré mes chaussures, je m'étais démaquillée, et je m'étais glissée dans le lit à côté de Bensch. Dans son sommeil, il avait passé un bras autour de moi, et après j'étais restée longtemps les yeux grands ouverts dans le noir.

Le lendemain matin, j'étais sortie de la chambre sans le réveiller. J'étais descendue dans le jardin avec une hache, une scie et une masse, et je m'étais mise à détruire ma cabane. Ça m'avait pris toute la matinée. Mes mains saignaient, pleines d'ampoules, mais je continuais de donner des coups de hache en buvant de l'eau fraîche, je continuais d'empiler de petits tas de bois, de branchages, les doigts pleins d'échardes. À midi, Bensch était apparu sur la terrasse, portant un tablier de cuisine. Il avait posé deux verres et une bouteille de vin sur le bord de la rambarde. Il m'avait dit en s'essuyant les mains, souriant l'air de rien, triomphant :

– Alors, c'est fini, la cabane ?

– Celle-ci, oui, je lui ai répondu, en prenant le verre qu'il me tendait. J'ai décidé de voir plus grand.

EXCIPIT

Hier, pour la première fois j'ai demandé à ma mère ce qu'elle faisait, au juste, depuis qu'elle vivait seule dans la brumeuse plaine du Po, et elle m'a répondu *J'écris un livre*. Moi, je crois que j'arrive au bout de mon récit. Ces dernières semaines, ma cuisine a cessé de parler de mon enfance, de mes parents, de la lutte qui les avait opposés, et elle s'est mise à dire autre chose. Elle a cessé d'être une réparation, une revanche, une réponse, elle est devenue autonome. J'ai fini par comprendre que ma dureté était ma dureté, celle de personne d'autre. J'ai commencé à essayer de préparer pour les autres le genre de petites assiettes que je faisais pour moi, la cuisine que je mange quand je suis seule, celle qui ne parle ni de convives ni de réputation, uniquement de mes préférences, de ce que j'aime, de ce que je suis. Ces dernières années, j'ai pensé être aux commandes, mais je n'en suis plus si sûre. Alors je retourne me chercher, je cours à mon secours.

Je prépare un riz au lait soyeux, un riz à l'impératrice, je bats longuement la crème, je la verse dans des ramequins puis je démoule dans une petite assiette plate individuelle. Sur une intuition, je pose ma paume dessus et j'appuie doucement pour imprimer ma trace, comme une femme des cavernes. Je décore le plat de baies de sureau confites et je le sers comme ça, pour dire : *J'ai été là, c'est moi et moi seule qui ai fait ça, Ottavia.* Je prépare un gigot d'agneau au foin, un canard aux cerises noires, un œuf poché aux épinards crissant légèrement sous la dent, je fais des plats qui me rappellent des moments précis, d'autres qui n'ont jamais eu lieu, des choses que j'aurais voulues et que je n'ai pas obtenues, tout ce que je ne sais pas dire avec des mots. Je m'agite et j'ai la certitude que ma sueur me lavera, qu'elle me rendra à moi-même, qu'elle me rédimera, parce que jusqu'ici ça a toujours été le cas, mais combien de temps encore ? Je pose sept pépins de grenade sur une assiette, comme les sept pépins donnés par Hadès à Perséphone pour la garder près de lui. Si on mange des aliments des enfers, on est condamné à y demeurer, disent les textes sacrés, et les gens connaissent leurs classiques, je peux en témoigner, parce que quand je mets cette recette à la carte, personne ne la commande jamais. Je la laisse sur le menu pour ce qu'elle est – une oraison. Pour l'instant, Cassio est toujours vivant. Je verse lentement du lait de bufflonne parfumé aux herbes des champs sur une assiette en marbre, et pour manger ce plat il faut se pencher et lécher en silence.

J'ai quarante ans. Je n'espère plus sortir intacte de quoi que ce soit. D'aussi loin que je puisse m'en souvenir, le problème n'a jamais été d'obéir aux ordres, seulement de garder du respect pour ceux qui les donnaient. C'est peut-être la raison pour laquelle j'ai tendance à fuir mes propres enfants, parce que je veux garder nette la frontière qui sépare le pouvoir de son exercice. À présent que je pose les derniers mots, j'essaie de dire les choses dans le bon ordre, mais je ne sais pas si je vais y arriver, parce que je ne suis pas sûre de croire à l'ordre. Je sais pourtant que déplacer une seule pièce d'un édifice menace tout, et il y a des choses que j'ai eues dans cette vie que je n'échangerais contre rien d'autre.

Comme tout le monde, j'espère pouvoir être comprise et aimée. La semaine dernière, dans le bus, j'ai vu écrit sur un panneau *Pour assurer votre équilibre, tenez-vous*, et je me suis demandé si ça suffirait, si c'était vraiment aussi simple que ça, et si c'était bien le cas, comment une chose aussi fondamentale aurait pu m'échapper si longtemps. Conneries. Je ne l'avouerai jamais aux gens qui n'y connaissent rien, mais au fond ils ont raison de dire que les livres de recettes ne sont pas assez précis. Comme me l'a appris ma mère, *Personne n'a dit que ce serait simple, personne n'a dit que ce serait juste.* Malheureusement, il n'y a pas de raccourci. À la fin, il s'agit toujours de deviner, décider, lire entre les lignes, traduire, essayer. Même si je sais qu'on doit accepter la réalité comme elle est, je ne l'ai jamais fait. La liberté qu'on a abandonnée autrefois et qu'on ne nous rendra pas, il faudra la prendre.

C'est tout.

Lucy Ellmann, *Les choses sont contre nous* (traduction de Claro), Le Seuil, Paris, 2022.

La recette des rigatonis romains à la *pagliata* (pages 42-43) est tirée de *La Cucina delicioza*, Accademia Italiania Della Cucina, Éditions de la Martinière, 2012.

Le texte de la page 186-187 évoque un article publié par Caitrin Innis dans le *Huffington Post* sous le titre « Years after she dies, I use Google Street View to "visit" my mother ».

La performance de Vito Acconci décrite page 196 et suivantes s'intitule *Security Zone*.

Le poème évoqué p. 201 est *The Offers* de Ted Hughes, dans le recueil *Howls and Whispers*.

La vidéo évoquée p. 212 et suivantes s'intitule *Marina Abramovic & Ulay: No Predicted End*, sur Louisana Channel.

Le roman évoqué p. 252 est *Divorcing* de Susan Taubes.

L'œuvre vidéo décrite p. 257-258 est *My Lost Somali Friend*, in *Counterfeit Poast*, de Jon Rafman (texte de Jon Rafman et Veronika Botsu).

Le livre évoqué p. 262 est *Fin de combat* de Karl Ove Knausgaard (traduit du norvégien par Christine Berlioz, Jean-Baptiste Coursaud, Marie-Pierre Fiquet et Laila Flink Thullesen), Éditions Denoël, 2020.

De la même autrice

Buvard
prix Françoise-Sagan 2014
prix Edmée de La Rochefoucauld 2014
prix du roman de la ville de Carhaix 2014
prix Vauban 2015
prix René-Fallet 2015
Rouergue, 2014, « Babel » n° 1358, 2016

Le Dernier Amour d'Attila Kiss
bourse de la fondation Lagardère
prix de la Closerie des Lilas 2016
prix de la Page 112 2016
Rouergue, 2016, « Babel » n° 1542, 2017

Une activité respectable
Rouergue, 2017

Ma dévotion
prix Escale du livre 2018
prix Fénéon 2018
prix de l'Académie littéraire de Bretagne des Pays de la Loire 2018
prix Culture et Bibliothèques pour tous 2018
Rouergue, 2018

Liv Maria
prix Summer
prix Folio des libraires 2022
L'Iconoclaste, 2020, « Folio » n° 7051, 2022

Le chaos ne produit pas de chefs-d'œuvre
Les écrivains, le travail et la légende
PUF, 2021

Toucher la terre ferme
L'Iconoclaste, 2022, « Proche », 2023

L'EXEMPLAIRE QUE VOUS TENEZ ENTRE LES MAINS
A ÉTÉ RENDU POSSIBLE GRÂCE AU TRAVAIL DE TOUTE UNE ÉQUIPE.

ÉDITION : Sylvie Gracia
COUVERTURE ET CONCEPTION GRAPHIQUE : Quintin Leeds
RÉVISION : Nathalie Mahéo et Isabelle Paccalet, avec Alice Posière
MISE EN PAGE : Soft Office
PHOTOGRAVURE : Point 11
FABRICATION : Marie Baird-Smith
DIRECTION COMMERCIALE : Adèle Leproux
RELATIONS LIBRAIRES : Alexandra Profizi
COORDINATION ÉDITORIALE : Thomas Garet
PRESSE : Marie-Laure Walckenaer, avec Lise Chaton
COMMUNICATION DIGITALE : Alice Huguet

RUE JACOB DIFFUSION : Élise Lacaze (direction), Katia Berry (grand Sud-Est), François-Marie Bironneau (Nord et Est), Charlotte Jeunesse (Paris et région parisienne), Christelle Guilleminot (grand Sud-Ouest), Laure Sagot (grand Ouest), Diane Maretheu (coordination), Charlotte Knibiehly (ventes directes) et Camille Saunier (librairies spécialisées)

DISTRIBUTION : Interforum

DROITS FRANCE ET JURIDIQUE : Bertille Comar et Geoffroy Fauchier-Magnan
DROITS ÉTRANGERS : Flore Gurrey
DROITS AUDIOVISUEL, THÉÂTRE, PODCAST : Alba Beccaria et Geoffrey Fauchier-Magnan
ACCUEIL ET LIBRAIRIE : Laurence Zarra et Lucie Martino
ENVOIS AUX JOURNALISTES ET LIBRAIRES : Vidal Ruiz Martinez
COMPTABILITÉ ET DROITS D'AUTEUR : Christelle Lemonnier, Camille Breynaert et Christine Blaise
SERVICES GÉNÉRAUX : Isadora Monteiro Dos Reis

L'ensemble de cet ouvrage a été réalisé
dans le respect des règles environnementales en vigueur.
Il a été imprimé par un imprimeur certifié Imprim'vert,
sur du Lac 2000 PEFC pour l'intérieur
et une carte Crescendo PEFC pour la couverture.

IMPRIM'VERT® PEFC™ 10-31-3068

La couverture et la bande ont été imprimées par Déjà Link
à Stains (Seine-Saint-Denis).

Achevé d'imprimer sur les presses de l'imprimerie CPI Bussière
à Saint-Amand-Montrond (Cher) en septembre 2023.

ISBN : 978-2-37880-374-2
N° d'impression : 2073982
Dépôt légal : Août 2023